阿嬤的
歌仔戲
田子方◎著

人物介紹

莉珊　11歲

活潑外向的小女孩，求知慾強又喜歡熱心助人，喜歡跟阿嬤一起聽歌仔戲，又喜歡音樂，最大的夢想是有一天成為音樂老師。

碧枝阿嬤　65歲

莉珊的祖母，過去曾經是歌仔戲班的一員，含辛茹苦的將莉珊帶

大，並且將許多人生的智慧，在現實的情況中，慢慢的讓莉珊明白。

小英　11歲

莉珊的同班同學，出身小康之家，父親是公務員、母親是音樂老師，活潑熱心，總是在莉珊身旁支持她，替莉珊打抱不平。兩人都愛好音樂，一起準備合唱團甄選，也約定要一起成為音樂老師。

小燕　11歲

莉珊的同班同學，驕縱高傲，時常欺負莉珊，總覺得莉珊一臉窮酸樣，常說莉珊裝可憐討好老師。

宗華團長　43歲

月明園團長，家族世代經營歌仔戲班，對歌仔戲的傳承有濃厚的使命感，並且盡力的為演員謀取更多的表現空間與機會。

孟涵姊姊　26歲

月明園的當家花旦，相對於年輕人對於歌仔戲的缺乏興趣，孟涵是少數對於歌仔戲投以熱情的年輕演員，並且熱心的教導莉珊基本樂理。

簡老師　28歲

充滿愛心的音樂老師，見「莉珊」非常喜愛音樂，鼓勵並且推薦「莉珊」參加合唱團的測驗。

目次

第一章

「月明園」的來臨

燠熱的夏季午後，漁船伴著成群的海鷗自海上緩緩駛近，南方澳的港口人潮聚集，準備批下整船的漁獲。打從幾天前颱風侵襲以來，南方澳已經許久沒有漁產可賣，因此這次漁販們個個摩拳擦掌，準備搶得先機。港邊的小路上，一個扛著竹筍的老婦人將肩上的竹簍放了下來，敲了敲酸痛的肩膀。旁邊的小女孩貼心的拿毛巾幫婦人擦汗，問道：「阿嬤，那些人在幹什麼呀？」

「漁船進來，販子們正忙著跟船東批貨呢！」

小女孩望著滿載而歸的船隻，瞪著圓圓的眼睛驚叫：「哇！阿嬤，這艘船好厲害，那些人一簍一簍的搬，那些魚卻好像一點都沒有少耶！」

「莉珊啊！人在講『大船入港』就是這樣啦！妳看，後面還有好幾艘載滿海魚的船正準備開進港，我們最近又有新鮮的魚吃囉！」

正當大夥的目光集中在入港的漁船，里長伯的廣播喇叭突然響了起

來：「放送！放送！月明園歌仔戲即將來到南方澳公演！」「放送！放送！十二月十日，歡迎大人、小孩闔家光臨，免費觀賞！」

莉珊聽到「免費」兩個字，很開心的向阿嬤訴說此事，但也一臉狐疑的問阿嬤說：「阿嬤，為什麼月明園這麼好，可以免費去觀賞啊？會不會是騙人的呢？」

「哪會咧？我們這裡窮鄉僻壤的，大家都沒什麼錢，應該也沒什麼好騙的……況且颱風剛過，這是颱風後的第一次歌仔戲表演，應該不會這麼勢利吧？」阿嬤望著遠方蔚藍的海岸線若有所思的說道……

隔天上學的時候，老師教大家利用圖書館找資料的方法，老師說：「各位同學，圖書館裡面有各式各樣的書籍，裡面包含著豐富有用的知識，今天老師教你們如何查到自己想要的知識，你們一定要認真記下方

法喔！」

「好！」同學們異口同聲的回答道。

「那現在請各位同學自己找一個主題，練習找出相關的資料，然後寫下一則簡單的文字記錄，下課的時候要交過來。現在就趕快開始吧！」

就當大家分頭找著自己的資料時，莉珊想起歌仔戲團要來公演的事，她心裡想：「不知道最早的歌仔戲是從什麼地方來的？是誰開始唱歌仔戲的呢？那到底是什麼樣的表演方式呢？」為了解答心中的疑問，莉珊決定查些有關「歌仔戲」的知識。

書上是這麼說的：「歌仔戲是發源於宜蘭地方的一種民謠曲調。後來逐漸發展為戲劇。開始只有一、二個人穿著便服分別扮演男女，演唱時用月琴、簫、笛等樂器伴奏，參雜對白。後來由於在蘭陽平原墾殖的漢人，絕大多數來自於漳州府，因此來自漳州一帶的民間小調也就隨著

移民而渡海來台，並以此改作歌仔戲，並且由清唱形式變成演唱形式。隨後，歌仔戲又受到民間曲調的影響，並吸收了南、北管的一些身段形成了所謂的『歌仔戲』而盛行於全台灣。」

「原來歌仔戲起源自我們宜蘭，並且有這麼一段發展的歷史……」莉珊暗自的在心裡默想。

回到家之後，莉珊就把歌仔戲源自於宜蘭的事情跟阿嬤說，並要求月明園來的時候，阿嬤能帶她去看。

「妳這麼『細漢』，對歌仔戲也有興趣喔？」阿嬤露出驚喜的神態。

「對啊！既然歌仔戲出自我們宜蘭，我當然要去了解啊！」莉珊天真的說。

「歌仔戲噢！」阿嬤捏起劍指，輕聲的唱著：「我身騎白馬呀過三

關，改換素衣吻回中原……」

「阿嬤，妳在唱什麼啊？」莉珊疑惑的看著阿嬤。

「沒什麼啦！還是以後再講，妳趕快去吃飯，吃飽了好寫功課嘿！」阿嬤突然收斂神色，正經的催促莉珊。

雖然有點疑惑，莉珊仍一如往常的吃了飯，並仔細的把學校教的功課都複習過後，按時在九點之前上床睡覺。只是這次不同的是，一些疑問開始在莉珊心中繚繞：「會不會有史豔文啊？還是會有藏鏡人呢？不過這好像是布袋戲才有的角色……男主角到底帥不帥？女主角會不會很老呢？」就這麼想著想著……莉珊也逐漸的酣然入夢。

另一方面，月明園的宗華團長為了這次的巡迴演出，特地來到鎮上與鎮長進行第一次的場地勘查。

「您好！宗華團長。非常歡迎您來到鎮上做免費公演。我謹代表全

鎮獻上最為熱情的歡迎之意！」

「哪裡！鎮長，我們月明園能夠回到歌仔戲的發源地做巡迴演出，這是本團的榮幸！」

「宗華團長，我們打算將鎮民活動中心做為此次演出的主要場地，不知道您認為如何？」

「太好了！能夠使用鎮民活動中心，這樣不論風雨，所有的觀眾跟表演者都能夠有一個比較好的表演場地與欣賞環境！」

「謝謝鎮長設想周到，我們的團員與南方澳的居民們真是有福氣！」

「哪裡、哪裡，您太客氣了！」

「對了！宗華團長，距離演出還有二個月，這段期間，你們都可以到活動中心彩排，我會交代活動中心的管理員。」

「謝謝鎮長！我們一定會把最好的歌仔戲表演呈獻在民眾面前

的！」

「那我們就拭目以待囉！」

聽到鎮長大力支持的承諾，宗華團長心想：「這一次一定要好好的幹，才不會辜負劇團老人家當初對我的期待。」

於是宗華團長便躊躇滿志的搭車離開南方澳。

第二章

阿嬤的針線盒

「阿嬤！阿嬤！我今天在學校不小心把上衣的扣子弄掉了！」莉珊慌慌張張的邊跑邊說。

「那妳把衣服換下來，阿嬤等一下幫妳縫上扣子。」說著說著，阿嬤回到房間拿起針線盒，準備幫莉珊縫補衣服。

突然在一堆黑色鈕扣中，微微的看到一個銅綠的龍紋鈕扣，扣上還殘留了些許金銀色雜揉的繡線，令阿嬤不禁回憶起四十年前的景象——那是四十年前的春天，阿嬤當時還是二十出頭的花樣少女，當時南方澳的居民們大多以捕魚維生。

由於工作十分辛苦，船員出海一趟回來往往飢腸轆轆，阿嬤的父母親便在港邊開設麵攤讓大家填飽肚子。

自小在麵攤幫忙的阿嬤，望著迎神慶典時所聘請的歌仔戲團正在野台上賣力演出，有時也心生羨慕，只是望著眼前洗不完的碗盤，還是只能將這個夢想藏在心底。

記憶也慢慢回到了四十年前的這天，這時少女時代的碧枝，一如往常的蹲坐在給水閥邊洗碗，不知怎麼的左眼皮一直跳個不停，心想：「人家說左眼跳財，難道今天會發生好事情嗎？哎呀！怎麼可能。還是別胡思亂想了，認真工作吧！」

此時遠方傳來一陣腳步聲，只見一個年輕女孩急急忙忙往碧枝方向跑來：「碧枝！碧枝！小江南在招募新的歌仔戲演員耶！」

「我們一起去看看好不好？」阿嬤的朋友阿花說道。

「可是我阿母一定不會同意的啦！」

「那我們不要告訴她，等到收攤的時候去啊！」

「可是這樣好嗎？阿母知道了一定會把我打死！」

「別煩惱啦！一定沒問題的！妳不是一直想要站在舞台上表演看看嗎？這是一個大好的機會哦！」

「好啦！好啦！那妳一定要替我保密哦！」雖然懷著忐忑不安的心

情，但是碧枝基於對歌仔戲花旦的憧憬，還是打算瞞著阿母去試試看，希望能夠被選上。

終於到了歌仔戲團面試的這天，是個風和日麗的大晴天，溫柔的海風夾帶著微微海水的鹹味，充滿南方澳典型的海港風情。

但是碧枝與阿花卻完全無法享受這樣午後的閒適時光，因為面試的壓力使她們都顯得非常緊張，懷抱著既興奮又擔憂的心情前往面試場地。

雖然阿花與碧枝平時都很熱衷歌仔戲，但是沒有正式學習過，也就無法唱出《孟姜女哭倒長城》、《審郭槐》、《魏春良收妖》等等的職業級曲目。因此到了選秀的那一天，阿花與碧枝在兩頰上擦了淡淡的胭脂，心情格外緊張，不知道自己即將迎接的是什麼樣面試考驗。

「請各位注意這邊，要面試的人在後臺旁邊的空地集合，先抽號碼

決定表演順序。然後快輪到上臺的時候，前會有場務人員帶你們去後臺準備。請你們先想好自己要表演的內容，一組只有五分鐘，千萬不可以超過時間。」一個高大的歌仔戲團員招呼著面試者排隊。

很快的輪到碧枝和阿花到後臺準備登場。

「好緊張喔！妳再幫我看看頭髮梳好了沒有？胭紅夠紅嗎？」阿花因為緊張不停的整理著服裝和髮飾。

碧枝也是擔心的注意著前臺的情況：「外面好像很多人的樣子，感覺大家都有模有樣，剛剛還有人表演翻筋斗哩！還有那個模仿動物叫聲的人，口技真的好高超喔！」

「是喔！完蛋了！我們什麼都不會，這是要怎麼辦才好？還是我們回家吧？」阿花幾乎都要放棄面試了。

碧枝鼓勵道：「那怎麼行！那時候不是妳勸我來參加面試的嗎？現在怎麼這麼容易就放棄？」

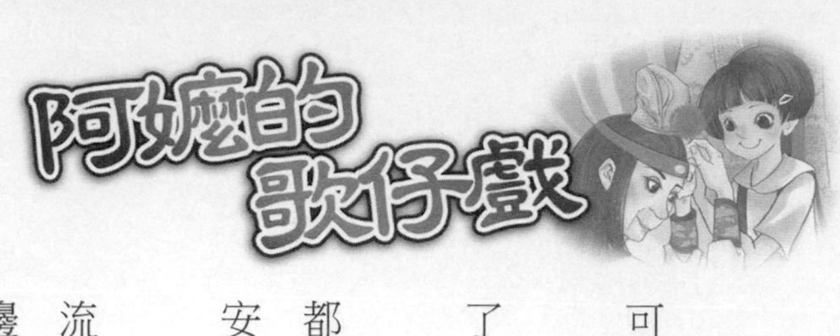

「可是大家都有自己的專長可以表演，我們什麼都不會，這樣怎麼可能當選？等一下要表演什麼？」

「沒關係，我們都喜歡唱歌和聽音樂，不然我們就表演唱歌好了！」碧枝信心滿滿的說著。

「這樣說是很好，可是表演唱歌的人也很多，我們會唱的歌大家也都會唱，怎麼樣才能夠脫穎而出？實在很困難。」阿花仍然感到十分不安。

碧枝信心滿滿的說：「這個問題剛才我也有想到，他們大多是表演流行歌曲，我們可以表演比較有地方特色的，妳記不記得我們從小都會邊唱邊跳的那首『五工工』。」

「『五工工』？喔！是歌詞有『電頭鬃』（燙頭髮）的那首歌吼！不錯耶！那個是我們宜蘭的傳統小調歌曲，還可以帶動作表演，太棒了！」阿花也顯得樂在其中。

「好，那就這樣決定囉！跟以前一樣，我負責主唱，妳負責和聲和表演歌詞中的動作。」碧枝握緊阿花的手，兩人交換了一個為彼此打氣的眼神。

終於到了表演的時刻，碧枝與阿花懷抱著緊張又興奮的心情迎接第一次的登臺。

只見兩人臉上塗著大紅的胭脂和腮紅，碧枝身穿碎花洋裝，阿花頭戴斗笠扮成農婦模樣，以輕盈的步伐走到舞臺中央，微笑鞠躬，開口唱道：

「十三十四電頭鬃啊，五工工啊，五工工。
阿母仔毋知囝輕重，親像牡丹花當紅啊，五工工啊，五工工。」

碧枝唱到此處，用雙手捧著下巴嬌羞的微笑著，阿花則抓著後腦杓

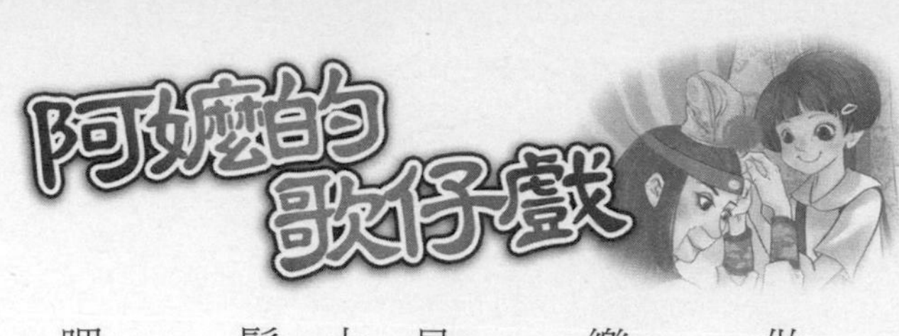

做出一臉疑惑的樣子。

由於歌詞有趣奇特，一名年輕團員好奇的別過頭去悄聲向一旁的老樂師問道：「阿生叔，她們兩個唱的什麼歌啊？」

老樂師笑著說：「這首歌叫做『五工工』，跟『丟丟銅仔』一樣都是宜蘭地區的傳統民謠。這首歌曲主要是在講查某囝仔（女孩子）要轉大人啦！人說『少女懷春』，查某囝仔到了十三四歲想要趕流行燙頭髮，然而母親卻時常不能理解或是認同女兒的行為與改變。」

阿生叔指了指碧枝：「你仔細聽聽看，這首歌本身就是一個故事哩！」

碧枝嗓音清亮唱開；阿花一邊以低音和聲，兩人一邊唱一邊手舞足蹈的比出燙完頭髮後澎澎捲捲的樣子，逗得台下眾人既驚艷又好笑。

「十五十六轉大人啊，五工工啊，五工工。

阿母仔毋知囝輕重，睏著會寒佮會凍啊，五工工啊，五工工。

十七十八當活動啊，五工工啊，五工工。

阿母仔毋知囝輕重，也夢乎囝早嫁尪啊，五工工啊，五工工。」

阿花一邊點頭，一邊拍著碧枝的背，宛如終於明白女兒心思的母親那樣微笑，而碧枝則像又開心又靦腆的女孩般做出頻頻擦拭淚水的動作。

年輕團員說：「哈！好可愛的一首歌，這個母親不錯呀！最後還是深愛自己的孩子，希望她能有個幸福的歸宿、美滿的未來。不過阿生叔，那個『五工工』又是什麼意思啊？」

阿生叔點了點頭：「嗯，你這個問題問得真好！其實那個歌詞裡的『五工工』沒有意思啦！它是工尺譜的記音符號，你們年輕人現在都學西洋樂譜，大概都不認得了。喔！對啦！如果用西洋樂來說，那就是*La*

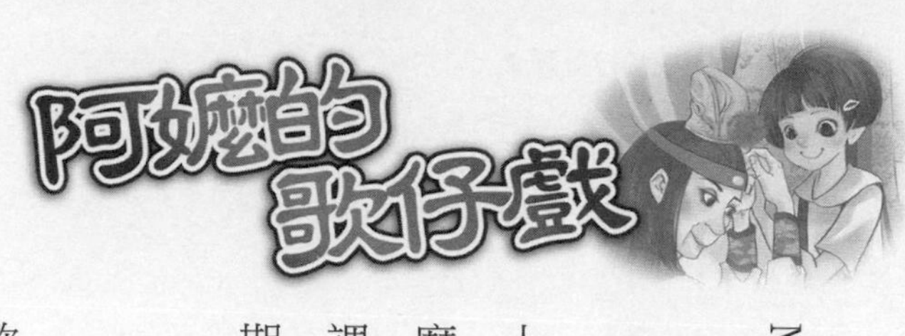

Mi Mi的意思啦！」

團長清了清喉嚨，眾人馬上將目光投向團長。

眼看四座都已安靜下來，才開始評論道：「很好！很好！實在是令人驚艷的表演，沒想到妳們兩個年輕女孩，可以把這首五工工詮釋得這麼好，真是唱作俱佳！而且還懂得挑這首以歌仔戲的初學曲調『雞母調』作襯底音樂的民謠，實在是相當用心。歡迎妳們加入本戲團，我很期待妳們未來的表現！」

臺下觀眾與歌仔戲團的團員也無不給予熱烈的掌聲。

碧枝與阿花不可置信的對望了一眼，沒想到隨意拈來的歌曲竟然是歌仔戲曲調，而表演也受到這麼大的肯定，實在是出乎原本的預期。

兩人開心得說不出話來，滿心都是對表演的熱愛和感動。

就這樣，碧枝與阿花終於如願的進入歌仔戲團，開始跟著劇團練習。

雖然碧枝平時仍需幫忙麵攤生意，但只要一有機會便抓緊空餘的時間練習對白、台詞、身段、步伐、唱腔等基礎功夫，希望有一天能夠升格成為正式的歌仔戲演員……

「碧枝、阿花！妳們這陣子練習得很勤快喔！」小江南的團長說道。

「對啊！希望下次公演的時候我們也可以上台表演」

「其實呢！事情是這樣的……」

團長皺起眉頭，輕輕的啐了一聲說道：「說到阿虎跟阿樂這兩隻兩光猴，一個騎腳踏車去犁田（指打滑摔跤）；另外一個說要秀一段武戲給他喜愛的年輕小姐看，結果咧？說閃到腰啦！」團長說著說著連自己也忍不住噗哧笑了起來。

「事情就是這樣，他們兩個暫時都沒有辦法上場了。他們兩個空出

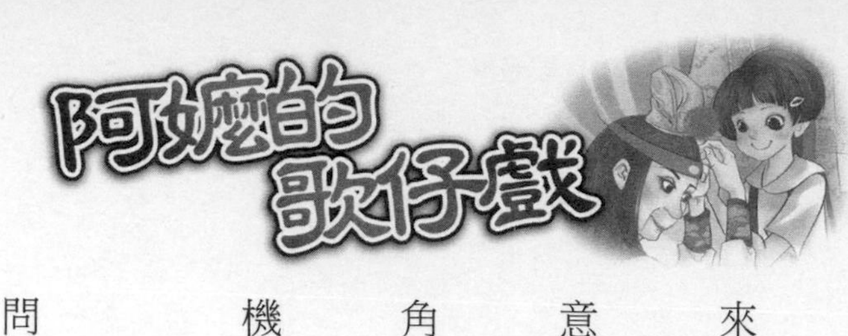

來的位置，雖然不是女生的角色，但是妳們願意試一試嗎？」

碧枝與阿花聽到這個消息，馬上異口同聲的說：「我們當然願意！」心想終於有一個上台磨練自己的機會了！

團長鼓勵道：「很好！還有十五天，雖然阿虎跟阿樂的角色只是配角，但妳們還是要全力以赴喔！」

就這樣，碧枝跟阿花滿心歡喜的加緊練習，期待她們第一次演出的機會。

「阿枝啊！妳最近到底在忙什麼啊？經常看沒人影？」碧枝的媽媽問。

碧枝心想，就要公演了，到時候街坊鄰居一定都會知道她跟阿花客串演出，如果到了那個時候阿母才知道，不知道會惹出什麼樣的風波，於是鼓起勇氣說：「阿母！我跟阿花要去演歌仔戲！我們已經練習很久了！希望您能答應！」

「原來是這樣，傻孩子妳怎麼不早點告訴阿母呢？妳若真的要演，就要好好的演，不要拖累人家，給人家添麻煩，知嘸？」

「阿母！您不反對真是太好了！」聽到母親的支持，碧枝心中的一顆大石頭總算放下，馬上開心的把這件事告訴阿花，兩個人興高采烈的討論著演出的內容與情形。

碧枝與阿花更是利用空閒的時間加緊練習。團長看到這個情形也非常的開心，並且開始設想著歌仔戲團未來的發展計畫！

到了演出那一天，台下的觀眾出乎意料的爆滿，碧枝跟阿花也順利的將自己配角的角色詮釋的淋漓盡致，獲得了滿堂彩！

有了觀眾的支持與鼓勵，碧枝與阿花就更加努力的練習歌仔戲！

「碧枝！跟妳講一個消息喔！聽團長說，我們小江南戲班的當家花旦秀珍姊要嫁人了喔！」

「那很好啊！秀珍姊長那麼漂亮一定可以嫁給好人家的！」

阿花嬉笑著說：「可是聽人說，秀珍姊本來跟阿樂是一對！但現在卻是要嫁給一個商人！」

「是喔！這件事是真的嗎？不要亂說喔！」碧枝神情變得有些嚴肅。

「應該不是假的啦！我那天不小心聽到阿虎跟阿樂在說的啊！阿樂還哭哭啼啼的呢！」阿花繼續口無遮攔的說著。

「希望阿樂能夠早日振作，也希望秀珍姊能嫁一個好人家。」碧枝若有所思的說著，似乎擔心這些流言蜚語會影響秀珍姊的好姻緣。

「妳們在這裡幹嘛？」團長說著，碧枝與阿花慌忙的說：「沒幹嘛啊！」

「告訴妳們一個非常重要的消息！」

「什麼消息？是不是我們演的不好，被觀眾嫌棄啊？」阿花與碧枝緊張的說著。

「不是啦！是妳們秀珍姊要準備出嫁了。她對我們戲班的貢獻也很大，我希望她結婚的時候，我們能幫她籌辦一個慶祝的表演；另一方面，離秀珍出嫁的日子還有一段時間，我也希望能夠利用她還沒離開的這段時間，好好的培養出另一批新血！」

「對了！碧枝、阿花！，我這邊有一些秀珍以前的戲服，妳們拿去稍作縫補，順便做為以後的練習服使用！」

「謝謝團長！」手裡接過團長給的戲服，擔心起秀珍姊要嫁的對象不知道是怎麼樣的人？碧枝又想起了秀珍姊對自己的照顧，以及一起練習和演戲的時光，一時心中五味雜陳，伴隨著日落與阿花一路上不發一語的走回家了。

就這樣，阿花與碧枝又持續的的練習。

在這些過程中，秀珍也傳授自己學習歌仔戲十幾年來的唱腔、步伐給阿花與碧枝。

「秀珍姊，有妳的獨門絕技，真的進步的好快喔！」阿花開心的說。

「可是您那種登上舞台的魅力，卻不是我們這些沒有經驗的菜鳥馬上就做得到的！」碧枝還是顯得有些擔心。

秀珍姊安慰的說道：「不用急啦！妳們的學習能力很強，又這麼努力練習，相信很快就會抓到訣竅，千萬不可以放棄！知道嗎？」

碧枝心裡想：「有專人指導就是不一樣，一切都事半功倍。但與秀珍姊越是相處就越捨不得秀珍姊即將要嫁人的事實。」如此，便不自覺的哭了起來。

「怎麼哭了呢？雖然練歌仔戲很辛苦，但是看到觀眾開心是我們做

演員最大的幸福，對吧？」秀珍姊疼惜的說著，一邊拍拍碧枝微微顫抖的肩膀。

阿花強忍著淚水說道：「秀珍姊，我們是捨不得妳嫁人，以後不能和妳一起演戲，也不能繼續向妳學習歌仔戲的技巧。妳這麼真心的對我們好，都還來不及報答妳、感謝妳，我們真的好喜歡、好喜歡跟妳一起演戲喔！」終於阿花也忍不住淚眼婆娑。

「傻妹妹！阿姊又不是永遠都不回來看妳們了！妳們一定要把角色練好，這樣我哪一天回來看到也會覺得很欣慰！」秀珍姊溫柔的說著。

就這樣，碧枝在眼淚與鼻涕分不清的情況下，跟秀珍點了點頭。此後又更是加倍努力，希望能做得更好。

「恭喜！恭喜！團長可謂是雙喜臨門啊！」

「哪裡！哪裡！鎮長您客氣了！能夠讓鎮長您大力支持這次的喜慶

演出，才是我們的榮幸！」

「碧枝與阿花！趕快過來向鎮長道謝！」

「謝謝鎮長您的支持！」碧枝與阿花又害羞又歡喜的說道。

鎮長微笑回應：「那等一下就看妳們這兩個新生代女伶的表演囉！」

「我們一定會全力以赴的！」碧枝與阿花抱著既期待又緊張的心情應答著。

突然間，一股不好的預感襲上團長心頭，只看見遠處黑煙竄起。村民從村子的另一端急忙邊跑邊喊：「不好了！火燒厝啦！鎮民活動中心失火了！」

「不好了！聽說還有人受困在裡面！需要趕快搶救！」各種消息紛紛在四周傳遞著，眾人也齊力幫著救火。

此時在活動中心外面的戲班人員，更是無不全力奔向活動中心，企

圖搶救戲班的道具與服裝等。

看到戲團的東西，一點一滴的被火海吞噬的景象，團長與團員們紛紛跌坐在火場外面，想著半生的努力全毀了，各個不禁悲從中來。

還好，這次火災並沒有人員傷亡，雖然大部分的道具與戲服都已經付之一炬了，碧枝、阿花與團長卻成了最沉默的三人……

這次事件之後，小江南由於很多設備都是向人借錢籌設的，所以團長也只好遠走他處，想辦法還清債務；秀珍姊則如同預期的嫁給了商人，後來全家移居國外，剩下的就只有碧枝阿嬤儲存在針線盒裡的回憶……

「阿嬤！縫好了沒啊？」莉珊催促的說著。

「再等一下就好了！」阿嬤回過神來說。

「妳看看，合不合身？」

「嗯！剛剛好。謝謝阿嬤！咦？阿嬤，妳在想什麼啊？」

「嗯！妳說什麼？」

阿嬤定過神來，只覺得過去的事情歷歷在目，一切彷彿剛剛才發生過一樣。

第三章

灰色運動鞋

「噹……噹……噹噹……」上課的鐘聲響起，莉珊跟原本一起玩耍的同學們，健步如飛的一起跑回教室。突然間，「啊！」的一聲，同學們停下奔跑的腳步，紛紛回過頭來看看發生了什麼事。

「好痛喔！」原來是莉珊不小心摔倒了。

「莉珊，要不要緊啊？有沒有怎麼樣？」眾人異口同聲的慰問著。

「還好啦！我沒事！大家趕快回教室上課吧！」說完，同學們便紛紛走回教室準備上課。

「起立！立正！敬禮！老師好！」

「各位同學好！」

「坐下！」

「各位同學，我們今天上課的內容是第五課單字，大家跟我一起唸課文。」

隨著同學們朗朗的讀書聲，莉珊剛剛跌倒的膝蓋仍然隱隱作痛著，

忍不住一直注意著自己的腳，突然間莉珊驚訝的發現自己運動鞋側邊縫線迸開了。對此，莉珊感到非常憂慮，心裡想著：「怎麼辦？運動鞋裂開了……這運動鞋已經這麼舊了，應該很難縫補，等一下要上體育課怎麼辦？會不會整雙裂開啊？」隨著老師與同學唸課文的聲調，莉珊的心情也跟著不安的節奏，忽高忽低。

「莉珊！妳在想什麼？上課要注意聽講喔！」老師嚴肅的提醒。

「是！老師！」莉珊羞愧的回答老師，臉上焦慮神情也異常僵硬著。

「好！我們今天就上課到這裡！下課！」

「下一節是體育課！體育老師說全班在操場集合！不要遲到哦！小明跟小華，你們跟我一起去體育器材室借躲避球！」體育股長扯著嗓子提醒同學。

「耶！等一下可以玩躲避球！太好了！」同學們紛紛期待著。

對照同學們欣喜若狂的氣氛，莉珊卻越來越擔心腳下破掉的舊運動鞋，滿懷擔心的走向操場。

耳邊傳來體育老師的呼喚聲：「各位同學，快過來集合，今天要教大家的是躲避球。現在先開始做暖身操，體育股長出來帶操！」。

「各位同學，聽我口令！暖身運動預備，開始。」

「喂！妳看莉珊的襪子露出來了！」一個調皮的男生嘲笑著。另一個愛管閒事的女生問道：「哪裡啊？有嗎？」

調皮的男生故意有點大聲的說：「就在她鞋子的側邊啊！」。

「喔！看到了！看到了！好好笑！」旁邊的男生也加入嘲笑的行列。

女同學忍不住小聲說：「噓！這樣她會聽到啦！」

莉珊隱隱約約聽到同學們背後的耳語，內心的不安與緊張讓心情越來越沉重。

「你們看！你們看！莉珊鞋子壞了，襪子露出來囉！」班上最像廣播電台的同學大肆放送著。

比較有道德感的同學也忍不住發表意見：「幹嘛一直到處跟人講啊！妳不怕莉珊聽到會生氣喔？」

隨著越來越多人在旁邊竊竊私語，嘲笑的聲音也越來越明

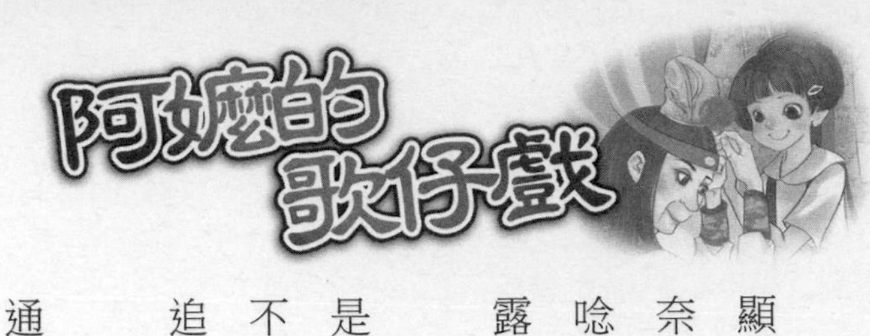

顯，莉珊臉部表情僵硬，連做暖身運動的身體，也越來越不聽使喚。無奈！最不想發生的事情開始了，班上最調皮的男生開始不懷好意的即興唸誦著：「臭莉珊，鞋子破，叫媽媽，媽不來，西哩呼嚕西哩呼嚕襪子露出來！哈哈哈！」

不料這時候，隊伍中傳來一陣失控的怒吼：「你們這些臭男生，真是太過分了！竟然講出這麼惡劣的話！你們的鞋子都不要壞掉！襪子都不要給我看到！」小英一邊大聲喝斥嘲笑莉珊的男同學們，一邊生氣的追打過去。

體育老師發現這個情況後，馬上訓斥說：「誰再亂唱亂叫！等下通通給我去跑操場！」

莉珊本來就已經極為尷尬的心情，被頑皮惡劣的同學一鬧，又想起車禍過世的雙親，不禁悲從中來，滾燙的淚水就像斷了線的珍珠不知不覺的從臉頰滑落。

原本吵鬧不休的同學們看到這個景象，也發現事情的嚴重性，都嚇得不敢再發出聲音。

老師安慰著莉珊說：「莉珊，妳不要太難過了。沒關係，鞋子難免都有壞掉的時候，這些男生竟然嘲笑同學，在上課的時候不守秩序，我會適當的處罰他們。」

下課後體育老師關切的找來莉珊談話：「老師認識一些賣體育用品的店家，他們說可以贊助學生運動鞋，老師帶妳去試試！」

莉珊感謝的對老師說：「老師，謝謝你！但是阿嬤有說過不可以平白無故的接受別人的好意，運動鞋我再請阿嬤幫我補一下就好了！」

「老師聽你們導師說過，妳是阿嬤獨自撫養長大的，阿嬤一定很辛苦，妳一定要好好孝順阿嬤，知道嗎？」

「老師，我一定會好好聽阿嬤的話，也會幫阿嬤的忙。」

老師知道莉珊是一個乖巧有原則的好孩子，就告訴莉珊說：「不然

妳利用下課的時間來體育器材室幫忙老師整理體育器材，這樣妳也算幫了老師的忙，就不是平白無故得到運動鞋，又可以讓年老的阿嬤不用辛苦補鞋子，這樣好嗎？」

莉珊聽了體育老師的話，心中覺得很溫暖也很安心，便答應和老師一同去試鞋。

沒想到這件事情，卻不知不覺的在同學間傳了開來，許多愛惹事生非的同學也開始忿忿不平的在背後耳語：「莉珊就只會裝可憐！博取老師的同情」、「對呀！真是不要臉！」這似乎也預告著莉珊另一個苦難的開始。

上完數學課後，總務股長例行性的站到講台前準備收取午餐費，這時突然聽到一聲大叫：「什麼！不會吧？我放在抽屜裡的營養午餐費不見了！」一個女同學抱著頭叫道。

「怎麼會這樣呢？妳要不要再找找看？上一節體育課的時候，我親眼看到值日生把教室前後門都鎖起來！應該沒有人進來才對！」坐在她隔壁的同學關切了起來。

「真的沒有！我都翻過不知道幾百遍了！慘了！把營養午餐的錢弄丟，回去一定被我媽罵到豬頭！」著急的女同學幾乎要哭出來。

熱心的班長安慰說：「先別擔心！我們去問一下值日生，看看是不是有人回來教室過！」

「小斌！我們上體育課的時候，有人回來過嗎？」班長問。

值日生小斌回應道：「應該是沒有吧！而且我要去借器材的時候，還有叫大家把貴重物品都帶走，之後才鎖門的啊！其他的同學也都有看到我鎖門！啊！不過莉珊後來有跟我借鑰匙，說要放她壞掉的球鞋！」

多事的女生又開始說：「不會吧？該不會是莉珊？」

「不要亂講，莉珊不是這樣的人啦！」小英著急的說。

「妳怎麼知道她不是這樣的人？她們家不是很窮嗎？」一旁看熱鬧的同學也加入了討論。

「妳怎麼這樣？很窮又不一定代表就會偷錢。況且莉珊就算有回來過也不一定是她偷的啊！」小英不甘示弱。

就這樣，同學們你一言、我一句的爭論不休，而且似乎沒有停止的趨勢——「她最愛裝可憐了啦！她最討厭了，一定是！」

話還沒說完，莉珊也進入了教室，原本紛雜的爭論，頓時鴉雀無聲……

後來班導師也知道了這件事，當天老師作出了一個決定說：「各位同學，今天我們班上有同學遺失了營養午餐的費用，如果你有『撿』到，請私底下交給老師，老師並不會有任何處罰，相反的還會對你們的表現感到驕傲！但是，你們同學之間，沒有任何證據，請不要亂指控同學偷錢，這樣是很不好的行為！希望明天我們就可以把錢物歸原主！下

課！回家的路上要小心哦！」

經過一天的曲折，莉珊感到身心俱疲，也有滿腹的委屈想要跟阿嬤訴說，但是一回到家，看到阿嬤駝著身子挑著竹筍，莉珊又不想阿嬤為自己擔心，就又把滿腹的委屈吞了下去。

「阿嬤！妳在哪？我回來了，妳不要再挑竹筍了啦！我來幫妳。」

「今天在學校好嗎？」阿嬤一如往常的問起莉珊學校的情況。

「很好啊！老師跟同學都對我很好啊！」

「阿嬤，妳看！我今天鞋子壞掉，我們體育老師還很熱心的說要送我一雙新的！」

「莉珊，阿嬤不是要告訴妳，我們家雖然窮，但是也不可以白白接受人家的好意，妳怎麼可以讓老師送這麼貴的運動鞋！」

「阿嬤，我記得啊！因為您說過我們不可以平白無故接送別人的禮

物，所以我也答應老師，在下課的時候去體育室幫忙整理器材，也是回報老師的好意。我一定會很努力的把工作做好！」

「莉珊真乖！下次家長會如果有碰到體育老師，我一定要當面說謝謝。對了，妳肚子會不會餓？阿嬤等一下就去煮飯。」

「阿嬤，爸爸跟媽媽在天上好嗎？」莉珊張著一雙天真的大眼問阿嬤。

阿嬤被莉珊突如其來的問題震懾住了，瞬間襲來的思念佔領了整個心頭，強自鎮定的對莉珊說：「妳爸爸跟媽媽，看到妳的表現一定感到非常欣慰！」說完，便急忙的跑去廚房做菜了。

儘管莉珊此時非常的想念爸爸、媽媽，但一想到再說下去可能會使阿嬤更加的傷心，也就不敢再多講，跟著進去廚房幫阿嬤煮飯了。

第四章

音樂老師的邀請

「太陽下山明朝依舊爬上來，花兒謝了明年還是一樣的開，我的青春一去無影蹤，我的青春小鳥一去不回來，我的青春小鳥一去不回來，別的那呀喲，別的那呀喲，我的青春小鳥一去不回來……」

在老師風琴的伴奏下，學生們開心的唱著《青春舞曲》，外面的天氣也顯現冬天難得的風和日麗。

「各位同學，接下來，我們要唱什麼歌曲呢？」

「《阿里郎》。」

「《西風的話》。」

「唱一些比較好聽、比較有趣的歌啦！老師，不要都唱音樂課本的歌啦！」

「對啊！對啊！唱一些流行歌也很好啊！」

「鄧麗君的《小城故事》。」

「齊豫的《橄欖樹》。」

「那我們來舉手表決。」

「贊成唱《小城故事》的舉手。」

「十二票。」

「贊成唱《西風的話》的舉手。」

「十票。」

「贊成唱《橄欖樹》的呢？」

「十三票。」

「既然班上多數的同學都想唱齊豫的《橄欖樹》，那我們今天就來唱一點特別的吧！」

簡老師一邊說一邊翻開琴譜，頓時悠揚的樂聲如涓涓小溪般自指間流淌開來：「不要問我從哪裡來，我的故鄉在遠方。為什麼流浪？流浪遠方，流浪。為了天空飛翔的小鳥，為了山間輕流的小溪，為了寬闊的草原，流浪遠方，流浪……」

彈到一半，看到校長在外面招手，簡老師停下了手指的動作。

「音樂小老師，妳先出來彈，帶領各位同學繼續唱。」

「校長，您親自來有什麼事嗎？」

「簡老師，我打算讓我們學校籌組合唱團，並且參加全國性的比賽，可是剛創立難免會比較辛苦，妳願意幫我這個忙嗎？」

「校長，您太客氣了，這是我的榮幸。剛好我大學的時候主修鋼琴，副修聲樂，對於唱歌這件事，也一直抱著濃厚的興趣，我想我會好好努力的。」

「那簡老師，我就代表學校先謝謝妳囉！我還有會議要開，我先走囉！」

「不客氣！校長慢走。」

簡老師心裡非常高興，雖然聲樂是她的大學時候的副修科目，但是從小一直是合唱團的她，也一直夢想能夠帶領一個合唱團，於是便很心

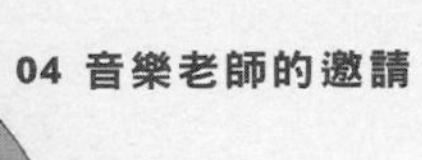

急的告訴同學們：「同學們，老師要告訴你們一個重要的消息。校長打算成立合唱團，所以老師將會進行甄選，等一下有興趣的人，可以向音樂小老師報名，老師會先舉行第一次的初選，通過的同學之後再進行複選。」

消息一出，同學們馬上議論紛紛，非常熱鬧，有幾個小朋友由於從小家裡就有栽培他們的習慣，更是滿懷壯志的說：「這次甄選非我莫屬啦！」；其他的小朋友也不甘示弱的說：「你又知道了，說不定音樂老師根本不欣賞你，而是欣賞我。」「你胡說！」瞬間教室便吵成了一團。相較於其他孩子的雀躍和活潑，莉珊則顯得安靜許多……

「阿嬤，我放學回來了啦！」

「阿嬤，我告訴妳喔？今天音樂老師跟我們說要成立合唱團呦……」莉珊急促的說著。

「嗯……妳一定很想要參加對不對？」

「阿嬤，妳怎麼知道？」

「妳是我帶大的！妳心裡在想什麼我會不知道？」

「阿嬤最瞭解我了。」

「妳要做什麼事情，阿嬤都會支持妳，可是阿嬤要跟妳說：『我們要做一件事情就要好好的做。』要人家知道我們莉珊可以把事情做好的孩子，而不是只有三分鐘熱度，懂嗎？」

「阿嬤，我知道了啦！」

「這禮拜三是妳爸爸和媽媽的忌日，到時候阿嬤帶妳一起去祭拜他們。」

「咦？原來爸媽的忌日在這個時候喔……」

「啊……不管了……我想爸媽在天上一定也會支持我的吧？」莉珊在心中嘀咕著。

「莉珊，我在跟妳說話，妳有沒有在聽啊？」

「有啦！我知道了啦！」

「那就好。」

「還是想想怎麼樣可以參加合唱團比較實際……」莉珊暗自忖度著。到了禮拜三當天，由於莉珊是值日生，老師規定值日生每天放學都要留下來倒垃圾，還要幫忙學藝股長佈置教室一小時，所以莉珊一忙也忘了父母親忌日的事情。完成學校的事情之後，莉珊拖著蹣跚的步伐緩緩的走向家門口：「阿嬤，我終於回來了！好累喔！」

「妳給我到神桌面前罰站！」莉珊才剛進家門，只見阿嬤鐵青著臉，劈頭就要莉珊罰站。

「我是怎麼跟妳說的？」

「今天是妳爸媽的忌日，我前幾天要妳早點回來，妳為什麼沒有放在心上？」

「這麼晚回來，還好意思跟我說『好累喔』！」

「妳以前還小，比較不知道大人的事也就罷了，所以我一直也沒有要妳面對自己父母親的忌日。」

「現在妳比較大了，應該要勇於面對自己的人生。」

「阿嬤會這麼生氣，都是因為妳不把這件事當一回事。」

「阿嬤……我……」

「我什麼我！不要為自己做錯的事辯解。」

就這樣，莉珊到了晚飯前，才結束了罰站的處罰。當晚，莉珊一反常態的收起日前對於合唱團的滿腔熱誠，變得沉默不語，一直到睡覺之前都是……

雖然如此，當莉珊躺在床上靜靜的思考時，爸媽的輪廓雖然熟悉，但是五官長相卻又異常模糊。說來奇怪，平時因為擔心阿嬤難過，而鮮少提起父母之事的莉珊，此刻竟有種難以言喻的感覺。

或許，對莉珊來說沒有任何事物，比對親人的思念更加的重要。如今最特別的是，莉珊卻是因為阿嬤的處罰，在心中努力的想要刻畫出爸媽的樣子。

同時，莉珊也不斷的問自己：

「爸爸、媽媽到底是怎麼樣的人？」

「爸爸帥嗎？」

「媽媽美嗎？」

「不知道媽媽做的菜好不好吃？」

過了一週，同學們仍興高采烈的討論合唱團選拔事宜……

「你知道嗎？我媽媽聽說我要選合唱團，特地請了一個音樂老師來家裡教我呦！」小燕得意的說著。

「是喔！怎麼這麼好？」

「我也好想要有一個音樂家教喔！」

「那是當然的啦！」

「我媽說我是她生的，一定也有一副好歌喉。而且我的音樂家教也說，我很有潛力呢！」

「噁心！都不知道『謙虛』兩個字怎麼寫。」班上的調皮鬼阿詹，對小燕扮了一個鬼臉。

天外飛來的批評，讓阿詹與小燕鬧哄哄的互罵了起來。

「像妳這種醜八怪是選不上合唱團的啦！」

「我看你這個臭男生根本就不懂音樂是什麼！怎麼跟我比呀！我可是有上過正式樂理課的人……」沒等小燕的話說完，阿詹就發出奇怪的聲音干擾：「啦啦啦啦啦啦……」

「你再給我『啦』一聲試試看。」

「我就是要『啦』，怎樣？」

「啦啦啦啦啦啦啦……」

「不要再吵了，老師來了。」一聲驚呼中，班上同學趕忙各自回到座位上。

「起立！」

「立正！」

「敬禮！」

「老師早。」

「各位同學早。」

「坐下！」

「各位同學，老師在這裡宣布一件事情。音樂老師提醒要報名合唱團的同學們，還有兩天，請大家把握時間。」

「還有，音樂老師已經跟老師達成共識，凡是參加合唱團的小朋友，班上的成績至少要在前三分之一才可以。」

「為什麼？」

「不要啦！」

「老師，妳好嚴喔……」

此刻，有別於其他同學們對合唱團事情的熱衷，莉珊卻顯得若有所思，並沒有跟大家一同參與討論。導師觀察莉珊良久，下課的時候便走向莉珊，輕輕的說道：「莉珊，妳報名參加合唱團了嗎？」

「我還……沒有，老師。」

「為什麼不報名呢？老師知道妳一向很喜歡唱歌不是嗎？」

「喔！對啊！可是聽人家說學音樂要花很多錢，我們家沒有錢……」

「而且不知道會不會影響課業……我阿嬤養我很辛苦，我希望好好唸書看將來能不能報答她。」

「我不可以為了自己，都不顧阿嬤……因為阿嬤為了我做很多事。」

導師的心裡想：「莉珊真是懂事又孝順的孩子。」於是決定想個辦法來幫助莉珊。

導師想了一會，便快步往科任教師的辦公室走去。

「簡老師，莉珊有報名參加合唱團的甄選嗎？」導師邊說邊喘著氣……

「我不是很確定耶！不過昨天音樂小老師提的名單裡，好像沒有莉珊的名字。」

「我想她應該還沒有報名。」

「您問過她了嗎？」簡老師疑惑的問著。

「莉珊她擔心阿嬤跟家裡的狀況不允許，所以好像要放棄的樣子。我在想我們有什麼辦法可以幫助她呢？」

「嗯……」簡老師思索了片刻。

「老師您不用擔心，這件事就交給我來處理好了。」

「那就先謝謝了，我還有課我先告辭。」

幾分鐘後，校園裡傳來廣播的聲音：

「教務處報告！教務處報告！」

「請五年七班王莉珊同學到教師辦公室找簡慧如老師。」

「教務處報告！教務處報告！」

「請五年七班王莉珊同學到教師辦公室找簡慧如老師。」

聽到教務處的廣播，讓平日安分守己、循規蹈矩的莉珊起先嚇了一跳，在稍稍鎮定之後又想：「既然是音樂老師，應該不是什麼不好的事吧？想完，便快步的走向教師辦公室。」

「報告！」

「請進！」

「老師，請問簡老師的位子在哪裡？」

「妳有什麼事嗎？」

「報告老師，簡老師剛廣播要我找她。」

「簡老師的位子在右邊第二排第五個。」

「謝謝老師。」

由於簡老師剛好不在位子上，所以莉珊就在簡老師的位子旁等老師回來。在等待的過程中，看到簡老師的辦公桌上放了很多她到各地比賽的照片，照片中的簡老師有時穿著氣質的小禮服；有時穿著英挺的套裝，使得莉珊也不由自主的開始有了一些憧憬，「禮服」、「燕尾服」、「大提琴」、「指揮棒」、「薩克斯風」等各式各樣的東西開始在腦海中盤旋。

「我也能像簡老師一樣，穿著漂漂亮亮的衣服，在各式各樣的華麗舞台上比賽嗎？」霎時，莉珊腦中浮現了她身穿華服的歌唱模樣。

「好快樂呀！可是，不行。添購衣服跟參加比賽要花很多錢吧！我們家根本負擔不起……」想到這裡，莉珊不禁悲從中來。

「莉珊！」簡老師從背後叫著。莉珊趕緊收拾情緒，急忙回話：「老師，您找我？」

「老師聽說妳還沒有報名參加合唱團徵選是嗎？」

「老師……妳聽我們導師說的嗎？」

「嗯！」簡老師點點頭。

「莉珊，其實妳

不用想這麼多啦！尤其是學音樂這種事情啊！不是每一個環節都需要用到錢，妳不要受到班上一些同學的影響。」

「老師這次辦合唱團，並不是只限招收懂得樂理的同學，畢竟每個喜歡音樂的孩子不一定都有機會學音樂。老師這次的目的主要是希望讓愛唱歌的孩子們，都能夠有一個學習、進步與發揮的空間。」

「而妳，莉珊！像妳這樣的孩子們是最適合的啊！」

「還記得上個星期舉行週會時，有一個身心障礙的人士來我們學校演講嗎？」

「記得！」莉珊微微的點點頭。

「他不是告訴全校的同學：『與生俱來的限制不可恥，也不可怕，重要的是我們要如何掌握自己的未來，而不要被過去決定了未來。』更何況妳比他有更多的優勢呢！」

莉珊聽了簡老師的話之後，還是低著頭沉默不語。老師看見如此，

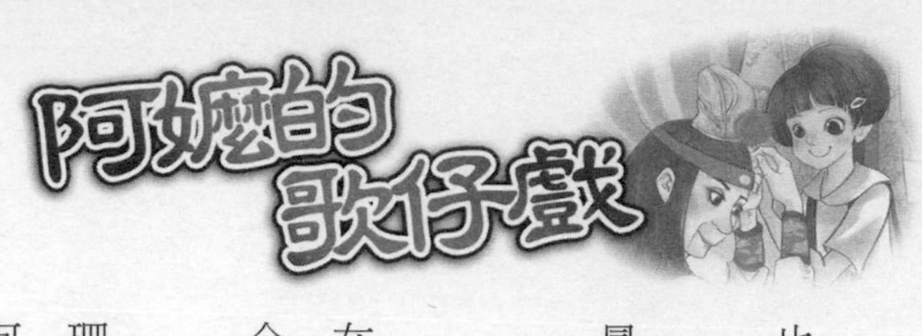

也沒有急著要莉珊做出什麼決定，便請莉珊回自己教室休息了。一路上，莉珊反覆思量著簡老師的話，覺得老師的話很有道理，但最放心不下的還是阿嬤的感受與想法。

星期六的下午，莉珊幫阿嬤挑完竹筍後，祖孫二人趁著難得的空閒在庭院裡乘起涼來……莉珊終於鼓起勇氣對阿嬤說：「阿嬤！我想參加合唱團可以嗎？」

其實，阿嬤本來就沒有反對莉珊參加合唱團，只是阿嬤希望養成莉珊懂得追求自我理想的精神，所以一直在等莉珊自己向她開口。所以當阿嬤終於聽見莉珊的請求，她並沒有多說什麼，只是默默的點了點頭。但就像水滴振動出擴散的漣漪一樣，莉珊表面雖然平靜，心裡的澎湃卻不可言喻。

第五章

花囤與奴婢

距離上次月明園宗華團長到鎮上拜訪也有二個禮拜了，由於平日團務十分忙碌，所以團長一直無暇帶領團員先來南方澳這裡看看，趁著這幾天颱風過去，天氣逐漸放晴，團長也和戲班裡面的成員過來熟悉環境。

「嗚哇！今天天氣真是好耶！」

「對啊！好久沒有出來悠閒的散散步了。」

幾名團員彼此開心的交談著，不知不覺走到了一間舊式的三合院，宗華團長越看越熟悉，似乎有點印象，卻又說不出個什麼。團員們發現了團長的異樣表情，紛紛駐足於老舊的三合院前。

「莉珊啊！」

「有！」

「來跟阿嬤一起拿魚乾出來晒！」

「好！」說完莉珊就把儲藏的魚乾都拿出來放在院子。

阿嬤跟在莉珊後面，才剛走出來，便看到一群人站在家門口。她以為是遊客迷路了，便走向前去探問。

「阿桑，妳好！我是月明園的團長，後面這些是我們戲團的演員，我們之後要來鎮上公演，剛好路過，打擾您了！」

「哦！你們是不是要來我們鎮上公演的歌仔戲團？」

「阿桑妳也知道我們要來公演喔！」宗華團長心想既然連住這麼偏僻的婆婆都知道了，想必鎮上其他的人應該也多少知道一些吧！

「阿桑！那妳一定要記得來給我們捧場喔！」

「會啦！會啦！我孫女莉珊之前一直吵著要我帶她去看你們的表演，我會讓她去啦！我有空也會去啦！」

「謝謝！謝謝！有阿桑妳們的支持真是太好了。」

「對了，阿桑！請問妳知道這附近一位年紀跟妳差不多的，叫作碧枝的阿姨住在哪裡嗎？」

「碧枝？你說陳碧枝喔！就是我啊！」阿嬤狐疑的望了望眼前的陌生人，雖然在心底反覆搜尋關於這個人的記憶，卻始終想不起在哪裡見過這個人。

「難道是人老了，記憶力變差了嗎？」阿嬤如此忖度著。

「啥米！妳就是碧枝阿姨？」團長不可置信的看著眼前白髮蒼蒼的阿嬤，旋即大笑了起來。

「哈哈哈！真是踏破鐵鞋無覓處呀！」

「阿姨，妳還記得我嗎？宗華啊！我是宗華，小江南團長的兒子呀！」

「什麼！你是宗華？沒想到你已經這麼大啦！啊！也是，都過了好幾十年，我真是老糊塗了。」

莉珊拉了拉阿嬤的手，她已經好久不曾見過阿嬤如此高興，不禁好奇的想知道這些人在她尚未出生的年代裡，曾經發生過什麼開心的故

事。

阿嬤轉頭過來，摸摸莉珊的頭說道：「莉珊啊！沒講妳不知，阿嬤卡早少年時曾在他們家戲班裡唱過歌仔戲呢！這位團長三、五歲的時候我還抱過，那時他跟他爸還來過這間三合院……妳看現在長這麼大了，阿嬤完全認不出來了！」

莉珊楞了一下，怎麼也沒有辦法把這個整日農忙的老人與唱歌仔戲的玲瓏身段結合起來。

阿嬤不等莉珊反應，便又轉頭過去招呼團長：「來來來，別光站著，快進來裡面坐坐。」阿嬤邀請月明園的成員們一同進到屋子裡。

「莉珊！倒茶給各位叔叔、阿姨。」

「喔！好。」

「阿姨，這位是？」

團長摸了摸莉珊的頭稱讚道：「妹妹好乖噢！」

「你說莉珊喔？我的孫女啦！」

「她爸爸媽媽因為車禍早逝，是我把她帶大的。」

「阿姨真是辛苦了。不過莉珊這麼乖，應該很貼心啦！」宗華用安慰的口吻說著。

「那你阿爸後來呢？」阿嬤接著問。

「阿爸在戲團失火之後，就帶著我們一家人回到台北。」宗華團長喝了口茶，接著說道：「之後因為被債主逼急了，阿爸到處幫人打零工賺錢，後來倒是藉由阿爸以前學戲的老師幫助，找了一些商人出錢重建，劇團才又重新站起來。」

阿嬤點了點頭：「這個我知道，其實你阿爸當初也曾經寫信給我，只是我……」

宗華團長握住了阿嬤的手，輕聲說道：「這也是阿爸臨終前交代我的，他說如果可能的話，務必要幫他找到碧枝阿姨，告訴妳他還欠妳一

個道歉。」

「你爸已經去了。唉……」阿嬤輕歎了一聲。

「想不到你阿爸到最後還記著這件事。其實他可以不用放在心肝底的，這也是我的選擇，不怪他。」

「對了！那歌仔戲團後來的發展呢？」阿嬤好奇的問。

「光復以後，台灣的經濟整個大衰退，連帶著也沒人有心情、有閒錢去看歌仔戲了。後來整個團大家都必須另外打工，時間都拿來賺錢，也就疏於練習了。我爸就是在這個時候，因為積勞成疾，心中又抑鬱難解，生病過去了……」

「我爸走後，整個劇團陷入名存實亡的地步。後來我大學主修戲劇，一心想要恢復我們家戲班以前的榮景。知道我家情況的指導老師對我非常提攜，幫助我在戲劇界慢慢的闖出一小片天，賺了一些小錢，如今才有這個初步的規模。」

「那你哪來的錢聘請這些戲班的成員呢？」阿嬤疑惑的問著。

「他們喔！這一些都是我在外面劇團指導的學生，當初我也是硬著頭皮問他們對歌仔戲有沒有興趣，結果居然有三、五個同學願意，讓我很是驚訝。」

「我們先從成立『歌仔戲研究社』開始，從瞭解歌仔戲文化開始一點一滴的重建我們的戲班。」宗華團長滔滔不絕的講著。

「後來越來越多學生開始瞭解了，也紛紛加入。而我又請到我爸以前的朋友、叔叔們來幫忙相關的部分，才有了今天的規模。」剛剛臉色哀傷的團長，頓時從一個中年大叔的哀傷轉變為少年的躊躇滿志……

「阿姨，妳還記得阿虎叔跟阿樂叔嗎？」

「當然記得！如果不是他們，我跟阿花也不可能有機會踏入歌仔戲這行。」

「他們現在都在我的戲班擔任顧問呢！」

「那真是太好了，哪天我也想好好的看看他們，跟他們敘敘舊……」

「你們要好好努力，不要讓你爸爸失望了。」

「嗯！」宗華團長奮力的點點頭說：「我們會的。」

宗華團長看了看錶，才發現他們已經聊了好久，趕忙對阿嬤說：

「阿姨，時候不早了，謝謝您這次的招待，我們還要先回去台北，下次來的時候再來探望您。」

「嗯！好。回去注意交通安全喔！颱風剛過去了一陣子，但還是要多注意。」

「好啦！我們回去了。」

「阿嬤再見！」

「你們再見！」

宗華團長一行人走後，阿嬤的思緒彷彿回到四十年前，一切的記憶

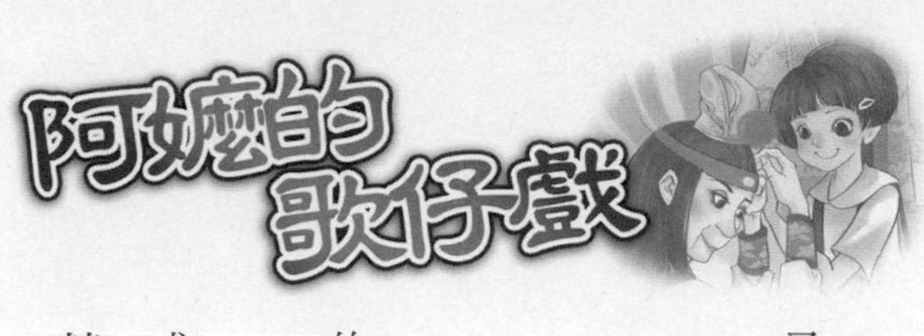

又好像歷歷在目……

「阿嬤，妳以前有學過歌仔戲喔！」莉珊好奇的問著。

「對啊！阿嬤還演過小生喔！」

「是喔！阿嬤好厲害喔！」

「沒啦！當時我們這些菜鳥仔，一開始都要演比較小的角色，慢慢的磨練後才有比較重要的角色。」

「而且當時的團長非常嚴格，只要我們台步走錯，或是橋段錯亂，或是唱腔未到位，都會被團長喊停，重新來過。幾個回合下來，都已經精疲力盡癱在那裏……」

「現在回想起來，那段練習的歲月，還真是辛苦。所以我們那時候都說：『花旦一分鐘，奴婢十年功！』不像現在的戲劇，有實力的演員，年紀比三十大一點就要演媽媽或阿嬤，要不然可能沒有戲演。」

「哦！」

「阿嬤，那剛剛那位叔叔是誰？」

「是我們以前老團長的兒子啦！就是妳那天說要來公演的月明園的團長啊！」

「是喔！原來阿嬤認識團長，真好！」

「好什麼好？妳沒看人家宗華伯伯在老團長過世後，還這麼勇敢的為自己的目標奮鬥？」

「所以我們也不可以輸給宗華伯伯！」

「好！我也要好好的努力！」

說完，莉珊的腦中又浮起了合唱團甄選的大事。

雖然莉珊對自己能否甄選上還是沒有自信，但是想起今天宗華團長重建劇團的故事，又聽見阿嬤如此鼓勵自己，莉珊突然覺得如果歌唱是自己的興趣與夢想，那承擔這點壓力又算得了什麼呢？團長不是從一無所有的困境熬過來了嗎？阿嬤不是說了會全力支持我的嗎？如果我自己

就這麼放棄了，阿嬤一定會很難過的。

「為了阿嬤、為了自己，我一定要加油！」莉珊在心底暗自發誓。

黃昏時分，阿嬤踏著餘暉回家，一進家門發現莉珊還沒回來，這才想起莉珊昨晚才提起要留在學校練唱的事。但是，像這樣土法煉鋼式的練習真的能達到效果嗎？阿嬤自忖年輕時排戲要不是多虧了秀珍姊幫忙，自己大概練十年也上不了檯面。

「唱歌……應該也是這樣的吧！」阿嬤心想。

於是她拿起了電話，撥給了那個她久別重逢的故人之子。

「請問是宗華團長嗎？」

「啊？我是，請問您哪裡找？」宗華驚訝的聽著電話那一頭的聲音。

「我是碧枝阿姨啦！」

「碧枝阿姨喔！您有什麼事呢？」

「是這樣啦！我們家莉珊最近要參加學校合唱團甄選。聽她說其他的同學多少都會一些樂理，不知道你有沒有認識懂音樂的老師，可以幫我們莉珊一點忙。」

「是這樣啊……」

宗華思索了一下說：「我想起來了，我們戲班裡有一位演員之前是唸音樂系的，後來因為興趣才跑來演戲，我想他應該可以幫上阿姨的忙。」

「我們戲班每週二、五要去妳們那裏排練，並且處理相關事宜，到時我再請他去找您？」

「這樣對你們太不好意思了。這樣好了，我請莉珊去你們排練的地方找你們的團員，這樣比較好，哪有老師來找學生的道理。」

「阿姨，這樣應該沒問題，改天我會跟我們團員聯絡。」

「那再麻煩你了！」

掛掉電話後，阿嬤心中的大石頭總算減輕了不少重量，做飯時還很高興的想著，等莉珊放學回來，要把這個好消息告訴莉珊。

第六章

高音、低音與譜架

上課的鐘聲響起，原本嘻鬧玩耍的同學們陸陸續續回到教室，然而，教室的氣氛卻不如往日來的寧靜，雖然孩子們並不知道老師家裡有事臨時耽誤了。

「欸！你昨天有看到嗎？」班上的意見大王阿佳說著。

小跟班恩恩一頭霧水的答話：「看到啥？是有趣的事情嗎？」

「對呀！我跟你說，我昨天跟家人去逛夜市的時候，剛好有看到歌仔戲班在排演哦！」

「是什麼樣的歌仔戲班啊？」

「不知道耶！好像是從外地來的。」

「我知道！我知道！」從遠方小燕突然插進這麼一句話來。

「我之前跟我媽媽去買菜的時候，看到電線桿跟鎮民大會堂外面的公告欄，外面好像都有貼『月明園』要來南方澳公演。」

「是喔！我們這裡好一陣子都沒有歌仔戲班來公演了。」

「我媽媽說看這些戲班的演員跟團長都還很年輕，經驗可能很普通，應該比不上傳統的老戲班的硬底子功夫！」

「可是我那天有看到公告，他們說免費耶！」

「你沒聽說過『一分錢，一分貨』嗎？」

「話是這樣說沒錯啊！可是這件事也是這樣說的嗎？」

「不然咧？這個世界上有誰願意做白工啊？」阿佳強勢的說著。

忽然一句話接了進來：「你們才不懂呢！月明園的團長跟團員是對歌仔戲很有抱負的伯伯與大哥哥、姊姊們！」

原來是莉珊聽到他們的討論，情不自禁的也加入了進來。

「妳怎麼知道？」阿佳、恩恩、小燕異口同聲的問著。

「我當然知道啊！因為團長是我奶奶的朋友啊！我奶奶以前也是歌仔戲團的團員之一，月明園的團長是以前『小江南』戲班團長的兒子，其他的哥哥姊姊們是他在外面劇團的學生。他們都是好人呢！我奶奶說

的。」

莉珊很認真的為月明園辯護著……

「喔！原來如此。」恩恩跟小燕異口同聲的說。

「妳又知道了！又不是好人就代表他們戲演得好，而且妳又能確定他們是好人喔！」阿佳看到同學們對莉珊的說法表示認同後，不甘示弱的想反駁。

「我奶奶不會騙人，我相信我奶奶。」

「妳奶奶又不是……」不等阿佳把話說完，老師已經回來教室裡了。

「是什麼？」老師好奇的問著阿佳。

「是……是……是男生啦！」

「這種問題需要討論嗎？」老師不解的說著。

「好了！老師剛剛臨時有事，耽誤了大家一些時間，老師跟各位說

聲抱歉。」

「現在直接打開國語課本。」

「我們上次講到這一課生字形音義的辨別，同學要注意到『收穫』的『穫』是『禾』部的，因為古時候它跟農作物的收成有關；而『獲得』的『獲』是『犬』部的，因為它跟捕捉獵物有關。」

「好！誰可以告訴老師，就現在的用法來說，『古蹟』的『蹟』怎麼寫？『筆跡』的『跡』又怎麼寫？」

同學們紛紛舉手七嘴八舌的說：「老師！我知道！」「老師！我知道！」「老師！我知道！」

「好！你們這兩位上來寫！」老師挑了兩位同學上台。

同學們走上講台，在黑板上作答時，阿佳又在台下做小動作，他傳了一張小紙條給坐在旁邊的恩恩，紙條上寫著：

「莉珊在跩什麼跩！她阿嬤是歌仔戲班的了不起喔！每次都只會裝

可憐搏取老師們的同情，上次東西不見的事，老師也這樣不了了之，我看搞不好這一次合唱團的甄選，老師大概又要幫她保送了。」

坐在後面的班長看著這兩個上課不專心又偷傳紙條的同學，心裡很不是滋味，於是趁他們傳遞的瞬間一把攔截了紙條，阿佳驚慌的大叫：

「糟糕了！」

「怎麼了嗎？班長？」老師回過頭來，看著手拿紙條的班長疑惑的問著。

「老師，您看這個。」班長將手上的紙條遞給老師。

老師看了紙條之後，並未當場表現出她心中的難過與生氣，只淡淡的叫阿佳下課後到辦公室找她。

就這樣阿佳在忐忑不安的心情中過完了這節課。

「噹……噹……噹噹。」下課鐘聲響起。

「各位同學，不敬禮下課。」

老師的眼神轉向阿佳，阿佳只好乖乖的跟著老師走向了辦公室，只留下不明就裡的同學們不停拋出的狐疑眼神。

「你知道莉珊是由她阿嬤一個人撫養長大的嗎？」老師以和緩的口氣問道。

「不太清楚。」阿佳低著頭小聲回答。

「老師想跟你溝通溝通，並不是要責怪你。」

「我想你應該不知道莉珊家裡的事，或許你也不是故意的，所以我想跟你談談。」阿佳沉默不語的點點頭。

「莉珊從小父母親就意外身亡，由阿嬤一個人帶大，家裡的經濟狀況也不是很好，莉珊常常都要回家幫阿嬤。」

「況且，你有看過莉珊對同學不友善嗎？」

「沒有……」

「莉珊有跟同學借過錢，或借東西不還嗎？」

「好像也沒有……」

「那你有直接的證據可以說午餐費是莉珊偷的嗎？」

阿佳此時心虛的搖搖頭。

「那你寫的小紙條上對莉珊的批評會不會太苛刻了一點呢？」

「老師！我只是……」

「沒關係，老師知道你是無心的，但老師希望你能放下偏見，在我們對人家沒有充分的瞭解時，不要對別人妄下斷語，好嗎？」

「可以答應老師嗎？」

「好……」阿佳點點頭。

隨後，老師便讓他返回教室了。

到了莉珊最愛的音樂課，由於最近老師開始進入直笛的吹奏教學，

依照慣例值日生莉珊與音樂小老師必須事先幫大家把譜架架好。這時突然「趴擦！」的一聲，一支架到一半的譜架應聲而斷。

「天啊！莉珊，妳到底在搞什麼？」小老師斥責道。

「對、對不起，我不是故意的。」莉珊腦中各種思緒紛沓而來。

「怎麼辦？我把譜架弄壞了！」「不知道要賠多少錢？」「又要讓阿嬤操心了。」一想到這裡，莉珊的淚水開始在眼眶中打轉。

「莉珊！妳說，妳是不是故意的？」小燕生氣的說著。

「沒有！沒有！請妳聽我解釋。」莉珊慌張而委屈的說著。

「最好妳不是故意的啦！別人的譜架都好好的，就我的不是。」

「妳是不是想看我出洋相？還是妳怕我合唱團甄選會贏過妳，所以妳故意要給我好看。」

「不是這樣的。」莉珊急忙揮著手想要解釋。

「我真的不是故意的，我真的一撐開譜架它就要垮了。」

「妳這麼厲害，又對音樂很在行，我怎麼可能贏過妳呢……」

「對不起！對不起！是我不好。」莉珊一股腦兒的連忙道歉，也顧不得自己是否受了委屈。

「也是啦！像妳這種窮酸人家的小孩，怎麼可能跟我們這種有錢人家的小孩比呢？」

「妳們說是不是呢？」某些同學們跟著一起訕笑。

「我馬上幫妳換一支新的譜架！」

莉珊一邊更換譜架，一邊擔心著：「譜架壞掉了，該怎麼辦？」「老師會不會生氣？」「要不要賠錢？」「要賠多少錢啊？」

自責的言語不斷從心底湧現：「完蛋了，我真沒用，什麼事都做不好。」看見莉珊手忙腳亂更換譜架的樣子，小英急忙過來安慰道：「莉珊妳不要擔心，等一下老師來我們會幫妳證明那個譜架是自己壞掉的。」一邊也正聲向同學說道：「你們夠了吧！莉珊都說不是故意的，

況且我們都是同學，一樣都來學校上課，怎麼可以用家庭背景來分。這樣實在太過分了！」

班上其他的女生趕快幫著打圓場：「好了啦！不要吵架嘛！大家都是同班同學，莉珊也是好心想幫忙。」

不久，音樂老師終於來了，只見莉珊忐忑不安的向老師訴說自己把譜架弄壞的事。不料老師卻說：「莉珊啊！妳真是一個誠實負責的小孩，妳弄壞的那支譜架，上面是不是有沾到紅色油漆？」

「對啊！老師妳怎麼知道？」莉珊驚訝的說。

「我當然知道囉！那是我從家裡的倉庫帶來的。那支譜架已經用二十年，我早就想換了，只是它一直都沒有壞。丟掉又太浪費，就拿來充當學校的教學器材。況且東西到了一定的使用期限，終究是會壞的。只要我們愛物惜物、好好使用就好。現在大家趕快回到座位上坐好。」

聽到老師這番話同學們也紛紛坐下，拿出課本準備上課。

音樂老師說道：「在上課之前，老師想提醒一下大家，合唱團甄選的時間快到囉！請同學們務必好好的準備哦！那我們現在就開始上課。」

聽完音樂老師的說法之後，莉珊的心情彷彿洗三溫暖一般，原本緊張害怕的心暫時平穩下來。

但是同學欺辱的言語，隨著《我的家庭》的直笛練習聲，一遍一遍的刺痛莉珊的心。在她內心深處也非常渴望像其他同年齡小孩一樣，有個完整的家庭，在父母的關愛下成長，能夠和爸爸討論功課、每天吃媽媽煮的飯，在傍晚時分和阿嬤手牽手去散步，看著天色由橘色、豔紅，逐漸轉向淡紫、深紫……然後是黑，直到星星都眨著眼，閃閃發光。

可惜對一般人而言是如此平凡簡單的生活，卻永遠也不可能在莉珊的人生中出現。一想到此，莉珊一直忍住不發的淚水，再也無法抑止的無聲滑落。

第七章

約好要一起努力

小英生長在一個單純的家庭，三代同堂，爸爸是公務員、媽媽是國中音樂老師。小英自小就學習鋼琴，最近也開始向媽媽學習長笛，個性爽朗又善良可愛，也和莉珊一樣夢想加入合唱團，希望能夠成為鋼琴伴奏或是指揮，時常和莉珊一起練習唱歌。

這天小英說：「莉珊，甄選的日子就快到了，我覺得我們光靠平常下課和放學的練習是不夠的，不如這禮拜天妳來我家吃飯，我們一起練習吧！」

莉珊欣然接受了小英的邀約。星期天很快的就來到，由於莉珊沒有適合作客的衣服，因此還是和平常一樣穿著制服前往小英家。

小英的家在小鎮的另一邊。那裏開發得很早，是整個小鎮的精華地段，自莉珊有記憶以來，小英家附近一直都是個熱鬧的地方，與莉珊家這種座落在山腳下，距離最近的雜貨店走路都還要十來分鐘的偏僻老厝天差地別。

小英家是那種附近有著比較多的商店和公園，又很靠近學校，是政府配給給地方公務員的宿舍。

莉珊平時放學也會經過，總是用羨慕的眼光看著那一間間灰瓦紅門，獨棟獨戶的公務員宿舍，綠色的七里香整齊的環繞著家家戶戶，就像是天然的邊界，矮矮的樹叢與小徑兩旁的高大樹木相映成趣，午後的陽光稀稀落落的灑下，夏天午後的微風伴著海水的鹹味，護送著那些放學的孩子們回家。

莉珊也時常幻想自己走進某一戶人家，那紅色鐵門敞開的背後是母親笑語盈盈的迎接著自己……但是總是想著想著，又默默走回村子的另一邊，更靠近海的破舊小屋子，光線昏黃，充滿著被海水鏽蝕的一切──包括回憶。

今天莉珊終於真正要走進那紅門灰瓦的屋子，她的心情格外期待而且緊張，懷抱著不安的心來到小英家。她忐忑的望著那扇紅色的鐵門，

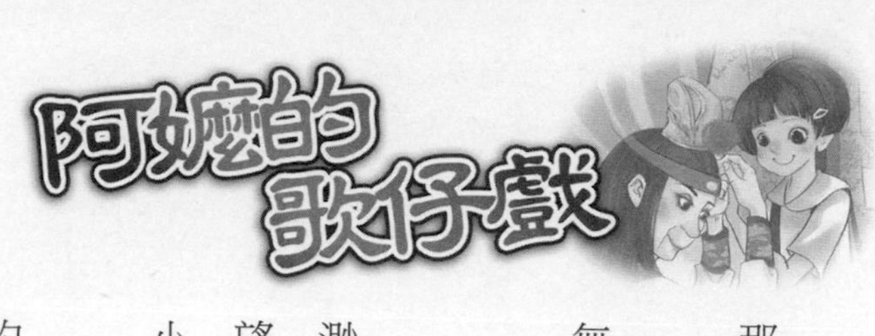

那種鮮豔的色調就像不久前才剛刷上一般，是相當高級的油性漆。

緊閉的門扉彷彿隔絕出了兩個世界，莉珊這麼覺得，裏頭是個生活無虞且充滿歡笑的天堂，而被這道鮮紅鐵門隔擋在外的自己，則是被「幸福」、「快樂」等等形容詞所拒絕的苦悶人生。

雖然和阿嬤一起生活的日子還算愉快，但是跟小英比起來實在是太渺小了。她想起日前聽過的《賣火柴的小女孩》，那窮苦的女孩卑微的望著窗戶裡富豪人家的感恩節大餐暗自欣羨，就像自己如今默默的看著小英的家門一樣。

這時那道森嚴的鐵門突然「咿呀」的打開，裏頭一位身穿粉色長裙的少婦走了出來，對著莉珊笑道：「哎呀！妳就是小英的同學吧？快請進來、快請進來！」

眼前這個殷勤的對著自己招手的年輕婦人，身上穿的長裙看起來輕飄飄的，像是電視節目上的流行女歌手一樣脫俗。

莉珊想起小英曾經提過自己的母親是國中音樂教師這件事，她那善彈鋼琴與吹奏長笛的母親自小就是個音樂好手，常常在各大比賽中奪得前三名，後來憑藉其優異表現而保送進入師大音樂系，因而得以在國中任課。

小英媽媽的手纖細而白嫩，臉龐也少有一絲皺紋，一看便知是富貴人家的小姐出身。莉珊又看了看自己的手，黝黑的膚色伴著灰撲撲的指甲，手掌和指節間還留著農活養出來的繭，比較起來真是相形見絀。

「妳叫做莉珊吧？別站在門口，快進來喝杯茶吧！」小英的母親再次殷勤的招呼著。

「喔！好的！謝謝阿姨。」莉珊急忙跟上，顯得有些侷促不安。

進門後，映入眼簾的一個小巧的庭院，跟從外面看起來有些不同。沿著牆壁稀疏的種植了幾顆高大的龍眼樹和柿子樹，比較靠近屋子這邊則是有幾叢較矮的樹叢開滿了色彩鮮豔的花朵，莉珊的目光完全被

那些黃的、紫的、紅的大小花朵給吸引住，此時小英也熱情的出來迎接：「莉珊，妳來啦！好準時喔！從來都沒有朋友來過我們家，妳是我第一個邀請的同學，所以我好緊張又好期待。我有請媽媽幫我們準備點心喔！」小英難掩興奮的心情，一股腦兒的向莉珊介紹著家中的種種。

「這裡是客廳、那裡是書房、後面是廚房、旁邊是我的房間……」

莉珊看得目不暇給，連小英說話的聲音好像也都是模模糊糊的，莉珊心裡想：「這間房子好大，光線也好明亮喔！陽光穿過落地窗，灑進客廳的地板上，感覺好溫暖。空氣中還有一股燉湯、滷肉混合的飯菜香。廁所就在屋子裡，不用像我們家還要走到院子後面，晚上好可怕……真希望我也能住在這種房子裡面。」

「這裡是琴房，今天我們就在這邊練習吧！」

小英引著莉珊進入一個鋪著木質地板的房間，四周圍的牆壁都是特殊的材質，房間中央是一架長相特殊的黑色鋼琴。與音樂教室裡擺放的

那種小型鋼琴不同，小英家的鋼琴顯得更加成熟穩重。

黑色木頭雕花的琴腳支撐著整個鋼琴，琴面上光華亮麗彷彿可以照映出自己的臉龐，琴弦緊繃的拉在後頭待命，似乎正等待著像小英這樣的公主來彈奏它。

雖然莉珊對鋼琴的等級並不清楚，但她依然能感受到這種雍容華貴的氣息與自己的生命差距有多遠。

「不知道要賣多少年的竹筍，才能夠買這一架鋼琴？」莉珊心想。

這個房間和客廳一樣有著一扇寬大的落地窗，陽光卻沒有客廳那頭的刺眼。從落地窗看出去是側邊的庭院，有一個碧綠的石造池塘，池面浮著幾株植物，十分可愛。

「小英，這間房間為什麼這麼特別？而且牆壁摸起來還都軟軟的？」莉珊覺得這間房間好特殊又好雅致。

「喔！因為這裡平常是我跟媽媽練習樂器的房間，所以牆壁上裝有

消音棉，讓聲音不會影響到其他的家人或是鄰居。」

「原來是這樣，我還是一次看到耶！對了！小英，外面那個浮在水面上的藍色花朵好漂亮喔！是不是老師上課說的荷花？可是怎麼好像又跟課本上的不太一樣？」

「老師上次說的荷花，葉子是挺出水面的。我家那是藍睡蓮，葉子會浮貼在水面上，就像一張床，讓花朵可以睡在上面，很可愛吧！」小英仔細的為莉珊解說道。

「喔！原來如此！小英，妳家真的好大又好漂亮，而且有好多我沒有看過的東西。」莉珊忍不住說出心中的驚嘆。

「謝謝！」小英倒也有點不好意思起來了。

「我們還是快點來練習唱歌吧！」小英邊說邊拉著莉珊靠向房間中央的那架鋼琴。

「小英，這架鋼琴長得好特別。跟學校老師用的不一樣耶！」

小英再次露出專業的神情解釋道：「一般我們在學校看到的是『直立式鋼琴』。這是『平台式鋼琴』，彈奏的時候，琴鍵會帶動裡面的琴槌敲擊琴弦，就會發出樂聲。」一邊隨手彈出幾個音。

「哇！小英妳好專業，知道好多關於音樂的事情。」

平台鋼琴也是莉珊從沒見過的，莉珊好喜歡看鋼琴蓋子掀開之後，裡面有好幾個小巧可愛的鎚子「叮叮咚咚」輕輕敲打著那些雜錯的琴弦，好像有一個小精靈住在鋼琴裡面，非常神奇有趣。

「沒有啦！其實我也是聽媽媽說的。」小英有些不好意思。

「妳彈一首歌給我聽好不好，我好想再多看看裡面的槌子敲打琴弦的樣子。」

「好呀！」小英想了想，翻開樂譜悠然的彈奏起來。

音符緩緩流瀉出來，樂聲起初很小，隨著重音反覆的迴盪，搭配時高時低的主旋律，周而復始、周而復始……莉珊覺得就好像是一個人獨

自憂鬱的低語，彷彿有什麼心事想不通似的，又好像是一直思念著某個人。莉珊不禁又想起了自己的父母。

小英本來沉浸在演奏當中，此時也察覺了莉珊的異樣，覺得莉珊一定是想起了不開心的事情，十分懊悔自己選了這首曲子，於是趕緊停下來說道：「莉珊！這首曲子是我最喜歡的一首，是樂聖貝多芬的月光奏鳴曲第一樂章。不過不好意思，我彈得不太好，妳別見怪。」

「怎麼會？我覺得妳彈得很好，很有感情。好厲害！」莉珊憂愁的思緒中斷，頓時被拉回了現實中。

「小英，妳可以跟我說貝多芬的故事嗎？還有為什麼他會寫這首曲子呢？」莉珊好奇的問道。

「其實貝多芬的故事我也只知道一部分……」小英邊說邊走到書櫃旁抽出一本《古典音樂家的故事》，從中找到關於貝多芬的部份後唸道：「貝多芬是西元一七七〇年出生的德國音樂家，家境清寒，父親及

祖父都曾經是宮廷中的樂師，貝多芬的音樂細胞，受到家庭背景的影響很大。從小他就極受祖父寵愛，可惜貝多芬三歲時祖父就過世了，而貝多芬的父親是一位才華平庸的又愛酗酒的男高音歌手，脾氣很暴躁，常常妄想要貝多芬成為『莫札特第二』來博取名聲及金錢，根本就只是把貝多芬當成搖錢樹。不過他的母親卻是一位賢淑溫柔的好媽媽，但可惜在貝多芬十幾歲的時候就過世了。」

「這樣貝多芬不是很可憐嗎？對他好的人，都很早就離開他了。」莉珊想到自己雖然沒有了父母，但是卻有阿嬤是真心愛她、疼她，覺得心裡面好溫暖、好感謝。

「是啊！所以貝多芬的個性從小就有點怪怪的，比較沒有朋友，感情路也很坎坷。不過在音樂上的表現，卻異常的傑出，八歲就開演奏會、十歲就成為宮廷樂師，王室貴族都很喜歡他。也會見過莫札特、海頓這些當時鼎鼎有名的大音樂家喔！貝多芬也被認為是莫札特的繼承

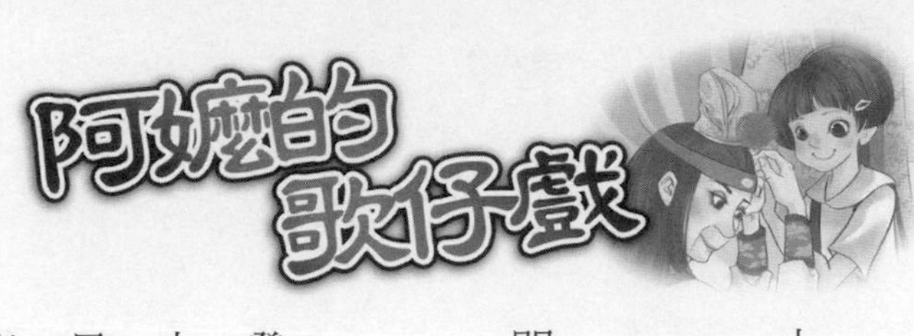

人，啟創浪漫樂派。」

「真的是天才神童耶！好難以想像喔！」莉珊驚訝的說。

「對啊！但是老天爺真的很殘忍，據說三十歲左右貝多芬的聽力就開始不好，情況越來越差，到四十八歲的時候已經完全聽不見聲音。」

「天哪！這樣他三十歲之後不就都沒辦法當音樂家了嗎？」

「如果換成是別人，我想應該早就放棄音樂這條路了。但是貝多芬發現自己聽力逐漸喪失後，卻從演奏工作轉向專心作曲，開始脫離了前人的腳步，創出自我的風格，貝多芬的真正名曲大多也是此後才產生。貝多芬的作品不再是注重抒情或是意境上的描繪，而是純粹觸動人心的音樂。用『心耳』創作，使人能夠聽見靈魂的聲音。」

「用心聽見自己的聲音，然後傳達出來，引發世人去認識心靈世界嗎？感覺好深奧。」莉珊想起阿嬤曾經說過：「人一定要認識自己，知道自己喜歡做什麼？適合做什麼？這樣才能找到自己的位子，生命才會

安穩快樂。」

「對了，我剛剛彈的就是貝多芬的月光奏鳴曲，傳說是他愛上身份及年齡都差距甚大的伯爵千金──朱麗葉塔相戀時所寫下，可惜最後他們還是沒有結果。貝多芬一生談過很多次戀愛，但是都無疾而終，因此很渴望愛情。這首曲子是反覆持續的慢板，左手不斷反覆流瀉而出的三連音符，就好像思念情人的心反覆迴盪。幽靜當中又帶有神祕，是我非常喜歡的曲子呢！」

「我很同意妳的看法，這首曲子真的很美，讓我也想起了好多事……」

「莉珊別想那些了，如果妳喜歡鋼琴以後歡迎妳常來我家，雖然我懂得不多，但是我可以教妳彈一些我喜歡的曲子哦！不過現在我們還是先專心練習吧！」

小英深怕莉珊又陷入不開心的回憶當中，於是拉著莉珊一起練習合

唱發聲。

快樂的一天很快就在兩個小女生的練習和笑鬧中度過了，回家前小英認真的說：「莉珊我們來約定，一定要一起成為音樂老師，不管遇到什麼困難都要堅持下去，好不好？」

「嗯！」莉珊用力點頭答應。

兩人相視而笑的道別。

夕陽伴著莉珊緩緩走在回家的路上。這天，莉珊想到很多事情：羨慕小英的母親是音樂老師、也羨慕小英的音樂細胞和專業訓練，這些都使莉珊的內心受到很強大的衝擊，默默的產生了很深的自我懷疑和挫敗感。

「小英跟我同樣年紀，知道的事卻比我多好多，這樣子的我以後真的能夠成為音樂老師嗎？鋼琴也不會彈，音樂家也沒認識幾個。」

但是想起了貝多芬和他的月光奏鳴曲後，莉珊轉念想到：「貝多芬也不是生長在富裕的家庭，況且他身邊也沒有愛他的人，至少我還有阿嬤、小英和好多人愛我、幫助我，我還是要努力，不能這麼輕易就放棄！」這讓莉珊恢復了信心，也下定決心要試著更認識自己，努力找出自己的特點，不能逃避現實，害怕自己不如人。

回到家之後，阿嬤已經準備好香噴噴的晚餐，雖然比不上中午在小英家吃得那麼豐盛，但是阿嬤的滷肉卻是莉珊最喜歡的口味，是別處都吃不到的。

「阿嬤，妳有夢想嗎？」莉珊眼神天真的問著。

「這……當然也有。」

「那阿嬤的夢想是什麼？」

「……」阿嬤一時之間竟也回答不出。

這突如其來的問題讓碧枝阿嬤深深的陷進自己的回憶裡……

「夢想嗎？那似乎是好久以前曾經出現過的，在自己年輕的身體上流動的每一滴血液，為了歌仔戲不斷沸騰著，執著於每一個咬字、每一句唱腔，一遍一遍的忍痛拉筋，只為了追求更完美的身段，希望帶給觀眾更多的感動，於是每天、每天都一直努力著。就算一個人練習時感到辛苦、也會覺得孤寂，當然更常常懷疑自己為什麼要堅持，但是想要達成夢想，成為一位優秀歌仔戲演員的心情，切切實實的超越了那些痛苦與遲疑，就像是一道光，照亮在生命的路途上，讓自己一心一意的勇敢向前走去。」

第八章
「堅持」是通往夢想的道路

放學的午後，阿嬤讓莉珊每週二五不用早早回家幫忙農活了，說家裡的事還忙得過來，就快點到活動中心找宗華團長吧！讓人家久等就不好了。

莉珊走進空曠的活動中心，歌仔戲團的團員們正緊鑼密鼓的彩排著。鏗鏘的鑼鼓聲中伴隨著宗華團長的呼喊，原本死氣沈沈的禮堂一時活了起來。

「那個魏延，你的動作應該要更狂妄一點、奔放一點。你要想像你正滿腹怨氣的要找諸葛丞相理論……對對對！再虎虎生風一點。好，踢！對，一腳踹翻孔明的續命燈，ＯＫ！很好，記住這個感覺，演出的時候要記得噢！」宗華團長仔仔細細的調整著各個演員的身段與動作，絲毫沒有發現身後已站著一個小女孩。

莉珊一直都在這靜靜的看著，卻沒有出聲叫喚宗華團長。一來是擔心自己打擾到人家的正經事，二來也是出於好奇——畢竟打娘胎以來，

這還是莉珊第一次看到歌仔戲彩排。等到整個《五丈原》都彩排過一遍之後，宗華團長才發現莉珊正瞅著自己。

「小妹妹！妳什麼時候來的？」

「團長，人家來這好一會囉！從《魏文長踢倒七星燈》的橋段就一直站在這邊啦！」那個演司馬懿的女演員笑著說。

宗華團長抓了抓後腦杓，靦腆的對莉珊說：「歹勢歹勢，阿伯忙著排演，都沒有注意到妳……不過妳的事，阿伯可沒有忘記喔！孟涵，麻煩妳過來一下。」

只見從剛剛便一直躺臥在病榻上的諸葛孔明倏地彈跳了起來，一邊摘下臉上的假鬍子，一邊笑臉盈盈的問：「團長呀！上次你跟我提起的那位想學唱歌的小朋友就是她嗎？」

「對啊！孟涵。這個小妹妹可是我爸以前團員的孫女喔！說起來也跟我們劇團很有緣份呢！妳可要好好教導人家，不要誤人子弟呀！」宗華團長打趣的說。

只見孟涵不服氣的雙手叉腰，挺起胸膛，嘟著嘴說：「才不會咧！想當初我唸大學的時候也當過高中合唱團指導老師的好嗎！我徐孟涵出馬你放一百八十個心吧！團長。」

眼看著劇團和樂融融的模樣，莉珊忐忑的心也消去不少，

只是一想到人家歌仔戲團表演在即，又要撥空指導自己歌唱技巧，難免覺得於心有愧。正當莉珊思索著要不要另尋出路的時候，孟涵走過來牽著莉珊的手輕聲問道：「小妹妹，可以告訴我妳的名字嗎？」

「我……我叫莉珊。」

「這樣呀！姊姊我叫徐孟涵，妳可以叫我孟涵姊姊就好了。」

孟涵摸了摸莉珊的頭說：「莉珊，妳對音樂很有興趣是嗎？」

莉珊怯生生的點了點頭，回答道：「我想參加學校合唱團的甄選，可是我請不起家教……」

「小傻瓜！誰規定有錢請家教的人才進得了合唱團嗎？更何況，妳不是還有我嗎！」

「可是演出的日子不是快到了嗎？孟涵姊姊應該也忙著排演吧！如果還要分心指導我，我擔心會影響到姊姊的演出……我想我還是……」

「放棄吧！」這三個字哽在莉珊的喉嚨，要是以前的自己，必定會

毫不猶豫的說出來。

只是想起了阿嬤對自己的勉勵，宗華團長與孟涵姊姊的殷勤，還有跟小英的約定，如果再這麼輕言放棄，對不起的便不是只有自己了。

孟涵看著一時語塞的莉珊，想起了過去擔任合唱團指導老師的時候，也有那麼幾個，雖然相當有天份，卻囿於家裡的經濟因素而不得不放棄的學生們。她心疼的摟著莉珊的肩膀，輕聲的說：「別看姊姊這樣喔！告訴妳，姊姊我可是歌仔戲中的天才呢！這齣戲我一下子就滾瓜爛熟啦！何況我以前帶社團一次都指導十幾個，這次只需要指導妳就好，簡直是小事一樁，包在我身上。」

聽到孟涵這麼說，莉珊才完全放下心來。一想到自己終於和小燕他們一樣，也有專人指導唱歌，更重要的是還完全免費，就不免雀躍不已。

當然，昨晚阿嬤千交代萬交代的，除了不能輕易放棄夢想以外，就

是不能白拿別人好處這件事了。因此莉珊在歌仔戲團練唱之餘，也常常來幫忙打掃收拾等雜務，後來甚至讓孟涵給取了一個叫「小跟班」的綽號。

莉珊開心又感激的抓著孟涵的手問道：「姊姊、姊姊，那我們從什麼地方開始練起？」

「當然是歌唱的基本功囉！」孟涵故作神祕般瞇著眼笑，惹得莉珊心癢癢的。

「姊姊，妳就不要再賣關子了嘛！到底是什麼基本功啊？是開嗓、調整呼吸，還是培養節奏感？」

「不不不，都不是。」孟涵眨了眨眼。

「所謂的基本功，那就是……跑操場！」

莉珊一聽，腿都軟了一半，一直以來體育課就是莉珊最弱的一項，每次全班一起跑操場，莉珊一定是吊車尾的那一個。原本想像著合唱團練習就是不斷的演唱各首世界名曲，優優雅雅的將身段姿態調整到最柔美的境地，沒想到特訓的第一個項目竟然是跑步。

「我想妳一定很好奇，為什麼練唱歌居然要先跑操場吧？」

莉珊困惑的搖搖頭表示不解，孟涵接著說道：「對於一個演唱者來說，鍛鍊肺活量是最重要的一件事。妳曾經試過一口氣唱十首歌曲過嗎？唱到最後，上氣不接下氣了對吧！」

「所以我應該跑步鍛鍊自己的肺活量，才能夠讓自己的身體多唱一點歌曲，對嗎？」

「沒有錯，莉珊妳真是個聰明的孩子，一點就通！」

「那姊姊我們這就走吧！妳還不知道我們學校在哪裡吧？我帶妳去。」莉珊拉著孟涵的手，恨不得這就飛奔到學校操場開始她那歌唱的鍛鍊課程。這時孟涵卻把手縮了回來說道：「小傻瓜，妳該不會想要讓姊姊穿著這一身長袍陪妳去跑操場吧！」

時至傍晚，莉珊已經十分疲累。與孟涵告別之後，她便拖著快走不動的腳步，伴著夏日的餘暉慢慢的走回家。

當阿嬤把最後一道菜端上桌時，莉珊才終於從門外緩緩走來。阿嬤看莉珊如此疲累感到有些訝異，便迎上前去探問：「莉珊呀！妳今天不是去學唱歌了嗎？怎麼搞得這麼累啊？」

莉珊便將今天的事一五一十的告訴了阿嬤，阿嬤才恍然大悟：「呵呵！原來是這樣喔！沒想到現代有這種訓練方式，阿嬤年輕時候可聽都沒聽過呢！對了，妳今天沒給人家添麻煩吧！」

莉珊瞪著水亮的雙眼，搖搖頭說：「才沒有呢！阿嬤我跟妳說喔！今天去歌仔戲團感覺好好玩噢！團長伯伯對我很好，那位教我唱歌的姊姊也很溫柔。」

聽到莉珊這麼說，阿嬤欣慰的笑了起來：「看來妳宗華伯伯把劇團

帶得很好，跟他老爸果然是一脈相傳。」

「對了，阿嬤！」莉珊突然想到什麼似的，問了阿嬤：「妳以前不是很喜歡唱歌仔戲嗎？為什麼後來不唱了呢？」

「來來來，先吃飯吧！飯菜都要涼了。」阿嬤把餐具擺上，開始回想起過去那段年輕追夢的時光。

「我們一邊吃飯，阿嬤一邊把以前的故事告訴妳吧！」

「啪啪啪啪啪啪！」

鞭炮聲炸響了港町街，大紅色的單子貼在公布欄上，上面用毛筆寫著「賀陳茂雄君高分考取東京都帝國大學法律部」的字樣。今天碧枝家的麵攤可說是喜氣洋洋，附近的保正與耆老紛紛來到麵攤向碧枝的父母慶賀。「恭喜恭喜喔！」保正咧著嘴笑，口中一顆鑲金假牙亮得閃閃爍爍：「整個庄仔頭第一人耶！真正是咱南方澳的狀元啦！」

教漢學的老先生更是極力附和道：「何止是南方澳的狀元，根本是宜蘭的狀元啦！可以去帝都留學哪！恁茂雄也可以說光宗耀祖了。」

這些場面話聽在碧枝父母心裡，既是歡喜，卻又滿心憂慮。

原來碧枝唯一的弟弟茂雄從小就十分聰穎，是學校老師公認的神童，碧枝全家也以這個弟弟為榮。只是碧枝家在港邊開個小麵攤，雖然生意不惡，卻也僅夠餬口。本來打算讓茂雄小學畢業後就留在麵攤工作，以後方能繼承父業。只是一位住在台北的長輩看不下去，認為茂雄可是陳家祖上積德才得來的啊！可不能就這麼埋沒了，留在宜蘭要什麼時候才能出人頭地？便把茂雄接到台北去栽培，碧枝父母再按月寄一點生活費過去。想不到茂雄這孩子倒也相當爭氣，考上了台北第一公學校（今建中），緊接著大學又考取了東京帝國大學。

「可是，家裡哪來的錢讓他去日本讀書呢？」碧枝的父母這麼想著。

「天盡頭，何處有香坵？未若錦囊收艷骨，一坏淨土掩風流。」一聲悲嚎，林黛玉擲下花鋤以手拭淚。這時賈寶玉急忙走上，一手環著林黛玉的雙肩，一手以長袖擦去她的淚水。

「好，很好！秀珍、碧枝，妳們兩個已經扮得很到味了，我希望到時候公演的時候妳們倆能記住這種感覺。」

聽到了團長的讚美，碧枝和秀珍姊兩人相視而笑。

自從上次選秀出奇制勝以來，碧枝自覺沒有唱戲根底，於是便加強了對自己的磨練。

在麵攤幫忙時，碧枝便一邊洗碗一邊練唱；到了劇團，她就抓緊時間向各位前輩討教指法步伐。眼見碧枝如此認真，同期進團的阿花也絲毫不敢懈怠。

結果兩人進步神速，從最早的跑龍套演起，如今已能勝任各種劇碼

的重要角色。

《葬花》是小江南團長改編自古典小說《紅樓夢》中黛玉葬花橋段而來的一齣戲，描寫林黛玉藉由埋葬落花而引起自傷身世，其中唱曲柔美哀淒，故事婉轉悲涼。

當團長宣布將以這場戲作為秀珍姊的引退兼婚禮演出，碧枝很是不解的問了問老樂師阿生叔：「叔仔，為什麼團長要在秀珍姊的婚禮上唱這齣戲啊？這是場悲劇不是嗎？這樣好像給人家觸楣頭耶？」

「哈！碧枝妳入團卡慢，這點妳就不知道了。想當年秀珍本來也都演些婢女小廝的角色，當團長寫出這劇本的時候，一開始也不知道該找誰演林黛玉。有一天秀珍因為擔心自己熬不出頭，蹲在戲箱旁哭時被團長看到。欸！感覺就對上了。秀珍總算是也沒讓團長失望，從此一炮而紅。」

「所以，團長的意思是要讓秀珍姊在《葬花》裡開始，也在《葬

花》裡結束囉？」

「對啦！就是這個道理。」阿生叔叼起了菸斗，逕自吞雲吐霧了起來。

碧枝在心中暗自勉勵自己：「原來這場戲是這麼的重要。團長把賈寶玉的角色讓我來演，一定是因為他相信我的努力，我也不能讓團長失望了才好。」

結果，沒有人預料得到，就在《葬花》公演的那天晚上發生了大火，一口氣燒掉了團長的家私、秀珍姊的告別演出，以及碧枝的夢想。

半年後，碧枝收到了一封從台北寄來的信件。不識字的碧枝端著信紙左看右看，最後還是得求助碰巧放假回家的弟弟茂雄。茂雄接過信來，清了清喉嚨，大聲唸了出來。

碧枝：

這半年來妳過得好嗎？自從上次火災之後，我所有的家當全都付之一炬，本想劇團應當復興無望了，所幸過去指導我的恩師伸出援手，幫我找了一些日本企業贊助，我終於又能重組劇團，現下我就只剩把大家再找回來了。碧枝，妳願意過來台北嗎？如果願意，我一定會把妳打造成繼秀珍之後的第一小旦。

團長

這突如其來的信息讓碧枝又驚又喜，原以為自己的歌仔戲夢就要從此斷絕了，沒想到竟能絕處逢生。

碧枝抓著信件奔向正要開始擺攤的母親，將心中的愉悅之情向母親

傾訴。

原以為母親也會為自己高興的碧枝，看著母親的臉好像面有難色，她雖然感到奇怪，卻也沒想太多。

「這次團長重建劇團一定需要人手，我找阿花一起上去台北吧！」碧枝心想至此，便蹦蹦跳跳的往阿花家去了。

晚間，當最後一隻海鳥也知倦歸巢，碧枝家的小麵攤也結束了一天的營業。

當碧枝哼著小曲，一面收著鍋碗時，母親拍了拍她的肩膀說：「碧枝啊！先別忙。來來來，來這坐。」

母親拉了一張椅子要碧枝坐下，碧枝困惑的問道：「阿母，發生什麼事情了是不？」

母親輕嘆了一口氣，說道：「碧枝啊！阿母知道妳很想去台北唱戲，其實阿母也不是反對妳什麼。只是妳知道，妳阿弟考上東京帝國大

學，接下來就要去日本讀冊了，咱家實在沒有辦法供應你們兩個的花用。」

碧枝一聽，楞了一下說：「阿母！我……我可以去台北自己賺錢，我絕對不會給家裡添麻煩的！」

「唉！碧枝啊！妳有所不知。光是把家裡能賣能當的東西都拿去換錢，也不足以供妳阿弟茂雄在日本的花用呀……」

「妳阿爸的意思是，讓妳嫁給他那個換帖兄弟的兒子榮宗，一來成就一門親事，二來聘金也夠妳阿弟在日本使用……讀法律可是茂雄最大的夢想啊！」

「唱歌仔戲就不是我的夢想嗎？憑什麼要用我的夢想去換他的夢想？」碧枝紅著雙眼，難過的對著母親大叫。

此刻，碧枝的心情從雲端跌宕到谷底，她實在難以相信這個喜悅出現得如此突然，卻又消失得如此快速。

她怨恨老天開了一個殘忍的玩笑，竟要如此糟蹋折磨她。這也是母親這輩子第一次看見碧枝反應這麼大，其實她也知道碧枝心底蒙受了不少委屈，只是在現實的考驗之前，人們只能選擇屈服。

母親幽幽的說著：「茂雄是陳家唯一的香火啊！是陳家祖上積德得來的啊！」

碧枝當然知道這些，但是要放棄自己的夢想談何容易？心煩意亂的碧枝拔腿狂奔，只留下在後頭追趕不及而跌倒的母親，以及入夜港邊小小麵攤點著的幽暗燈火。

碧枝坐在岸邊的岩石上，入夜的海邊已經什麼都看不到了，唯獨能判斷身處何地的，大概只有鹹鹹的海風以及太平洋海潮連綿而不斷的拍岸聲響。不知在海邊待了多久，碧枝方才聽見了那一成不變的潮聲中，夾雜著的急促腳步聲。

「阿姊！」茂雄氣喘吁吁的，一手扶在碧枝的肩膀上說：「呼！我

總算找到妳了，阿姊……」

碧枝趕忙擦了擦臉上的淚水，強忍哀傷道：「嗯……歹勢，阿姊沒事了，我們回家吧！」

一路上，姊弟倆沈默不語，其實兩人感情一直都很好，看著茂雄能夠如願到日本唸書，碧枝也十分為他高興。

只是想起自己被犧牲的夢想，心裡仍不免有些難過。

「阿姊……」

茂雄打破了這片寧靜，他微笑著對著碧枝說：「我想，我還是不去東京了……」

碧枝楞了一下，只見茂雄接著說道：「以我的成績，也可以留在台北唸醫學部啊！我有很多公學校的同學都決定要在台北學醫……」

「不！」碧枝打斷了茂雄的安慰，她強忍著悲傷，艱難的吐出自己的決定。

「茂雄，你是陳家的希望，大家都說你是陳家祖上積德得來的男丁，你一定要好好朝自己的夢想邁進，其他的事情你就不用擔心了。」

路燈下的碧枝緊抿著雙唇，臉上蒼白得沒有一絲血色。

茂雄本想說些什麼來安慰她，卻還是把話都吞回去了。在兩人緩緩的腳步聲中，只隱約聽見碧枝若有似無的在嘴邊呢喃著：「我嫁……我嫁……」後來，碧枝毫無意外的嫁給了父親拜把兄弟的兒子榮宗，茂雄也得以前往東京唸書。

至於本來約好要一起北上的，碧枝的好朋友阿花，最後也接替了碧枝的位置成為當紅小生，完成了碧枝當年的夢想……

莉珊聽著阿嬤的年輕故事，連飯都忘記吃了。今晚，阿嬤也反常的忘了催促莉珊早點寫完作業、上床睡覺等事，只是獨自的坐在庭院，望著滿天的星斗發呆。

此後，理解到要珍惜夢想的莉珊比過去更加努力，每週都來活動中

心特訓。在這段期間內莉珊除了跑操場之外還學到了不少發聲技巧，討人喜愛的她與團員們的感情也越來越好，如今已經能在前場後台隨意進出。

這天莉珊遍尋不著孟涵姊姊，正當她經過團長的臨時辦公室時，聽見了裡頭好像有人竊竊低語著。

莉珊從窗邊偷看了一下：「是團長跟孟涵姊姊！」

原來孟涵除了是劇團的演員之外，她也義務兼任會計。

看著一連串的赤字，孟涵不由得憂心忡忡的向團長反應：「團長，再這樣下去，劇團實在撐不下去了。」

「我們的人員太龐大了，開支無法精簡。團長，我想我們可能要仿效布袋戲團的做法，把樂師裁撤掉，演出時就以機器播放的方式來呈現音樂……」

「怎麼可以這樣子呢？」宗華團長打斷了孟涵的建議：「文武場也

是歌仔戲的精華呀！我們組成了這個劇團不就是為了傳承傳統藝術嗎？怎麼能為了省錢反而自毀傳統？」

「問題是再這麼下去劇團的財務根本撐不住呀！」

「撐不下去，那我們就解散吧！」團長大力的拍著桌子，生氣的說。

「可是，當初為了維護傳統而邀請我們入團的，不就是團長你嗎？你怎麼可以比我們更早放棄呢？」

這個反駁倒讓宗華團長啞口無言，兩人頓時沉默了起來。

蹲在窗外的莉珊心想著自己受到劇團與孟涵姊姊這麼多的照顧，實在不忍心看著它就這麼解散。

「更何況，這個劇團還背負著阿嬤未完成的夢想呢！」

莉珊決定，要幫助月明園度過難關。

第九章

莉珊的賭注

「咦！莉珊，妳怎麼坐在這裡？」

一走出歌仔戲的辦公室，團長就發現莉珊蹲坐在旁邊。剛剛還滿腹怨氣的團長旋即堆起笑容，親切的摸了摸莉珊的頭：「又來找孟涵姊姊學唱歌的嗎？」

莉珊還來不及回話，孟涵便搶先出聲：「哎呀！時間已經這麼晚啦！莉珊真不好意思，妳剛剛一定等很久了吧？」

「不會不會，我才是呢！一直來這裡給大家添麻煩……」

「真是的！大家都這麼熟了，說什麼客套話呢？妳們倆趕快去特訓吧！對了！莉珊妳可要好好加油，如果妳選上合唱團，伯伯就請妳吃冰。」聽見宗華團長已經處在多事之秋，卻還這麼溫柔的勉勵著自己，莉珊內心感到無比的溫暖。

「不公平……」只見孟涵嘟著嘴巴，撒嬌似的向團長叫嚷：「莉珊如果選上了，那我這個名師應該也可以分一碗冰吧！我可是很認真在教

的耶！」

「好好好，真是拿妳沒輒，到時候妳們倆一人一碗啦！」

「耶！」

孟涵高興得跳了起來，牽著莉珊的手說：「那我們還等什麼，趕快去練習吧！有人要請客囉！」

不曉得是不是團長要請吃冰的緣故，今天倆人練習得特別起勁，莉珊學習的狀況也相當良好，不一會就把今天的進度完成了。

兩人躺在練習武戲的海綿墊子上，開始天南地北的聊了起來。

「對了！孟涵姊姊妳當初怎麼會想要來參加歌仔戲呀？」

只見孟涵偏著頭想了一下，咯咯的笑了起來：「說起來連我自己也不敢相信，三年前的我，還覺得歌仔戲是一種很俗的、演給老人看的東西呢！」

「咦！真的嗎？」莉珊有點難以置信。

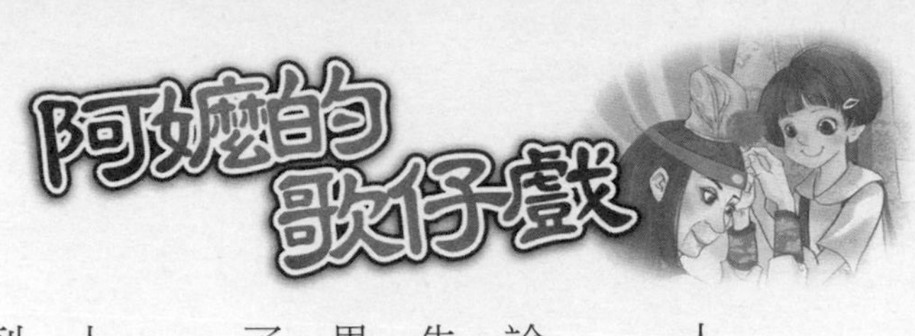

在她的印象當中，孟涵姊姊一直是個對歌仔戲懷抱著充沛熱情的人，怎麼也沒想過這樣的孟涵姊姊竟也嫌棄歌仔戲過。

「對呀！後來姊姊我大學的時候讀的是人類學系，修過一門民俗概論的課，那時候教授出了一項作業：要我們做一個關於民間戲曲的報告，要實地進行田野調查。我和幾個同學們就一起來訪問宗華團長，結果我們大家都被團長的理念所感動，於是我後來就跑來參加歌仔戲團了！」

「原來還有這樁故事啊！可是孟涵姊姊，考上大學很不容易，我聽人家說一個班級中頂多五、六個人能考上，所以大學畢業的人都可以找到很好的工作，薪水很高，來唱歌仔戲妳不覺得可惜嗎？」莉珊沒想到孟涵姊姊竟然有這麼高的學歷。

「妳說得很對，大家都覺得大學畢業生可以找到很好的工作，順順利利的存幾年錢，然後就可以嫁給好對象，相夫教子。可是我不這麼

想，我覺得人還是要做自己真正喜歡、真正想做的事情，生活才能安穩踏實，才會開心。」平常總是說說笑笑的孟涵突然變得一臉正經。

莉珊回應道：「對耶！姊姊。阿嬤也曾經說過類似的話鼓勵我，雖然我很喜歡唱歌，但是有時候我也會擔心自己這樣做好不好，而且我也擔心自己比不贏別人。萬一沒有成功選上合唱團怎麼辦？我以後是不是真的能當音樂老師？」

「我了解妳的感受，其實我也曾經猶豫過，大學畢業的時候都已經二十二歲了，大部分的團員都是從小就開始練，那像我要從頭學起。況且那時候我的家人都很反對我去練歌仔戲，為了加入月明園的事情，還鬧了一場不小的家庭革命呢！妳有阿嬤支持妳去追尋自己的夢想，真的是很幸福！」孟涵姊姊輕鬆的笑著說，但是莉珊可以想像那樣的過程，一定是要付出很多辛苦代價。

「姊姊，我覺得妳真的好勇敢、好厲害喔！」

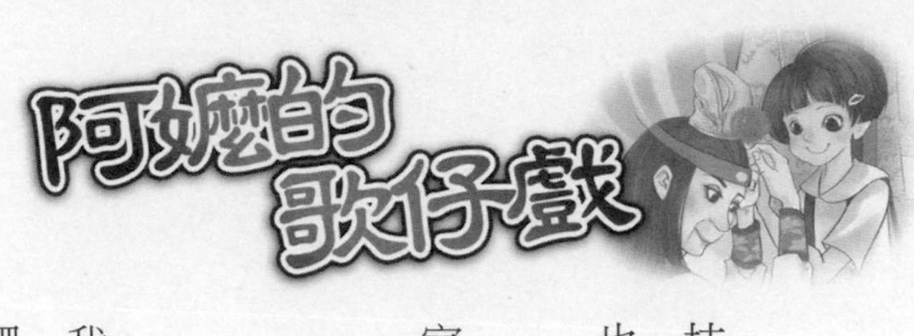

「沒有啦！我也是遇到很多貴人，像宗華團長就常常教我歌仔戲的技巧，更重要的是他教我很多做人處事的道理，我能堅持夢想或多或少也是從他身上學習來的。」

莉珊心想，孟涵姊姊說的那些打動人心的理想，應該跟剛剛在辦公室旁意外聽到團長說的「堅持傳統」的道理是一樣的吧！

「孟涵姊姊我可以問妳一個問題嗎？可是妳不要生氣喔！」

「怎麼啦？妳這小鬼頭。」

「剛剛我不小心在門口聽到宗華團長很大聲的說：『撐不下去，那我們就解散吧！』為什麼歌仔戲團會撐不下去？堅持傳統不對嗎？」莉珊怯怯說道。

孟涵解釋道：「喔！是這樣子的，就拿我們團遭遇的困境來說好了：傳統歌仔戲的音樂本來是有專屬樂團伴奏的，每次演出除了演員之外還必須帶上一團樂手，所以成本非常高。可是現在科技越來越發達，

許多音樂都可以用機器混音合成，在演出時播放，大大降低了演出的成本，不過這也會導致樂手失業，樂器因沒有人演奏而逐漸失傳。宗華團長是不希望傳統歌仔戲逐漸的消失，其實我也知道他有他的考量，但是一想到月明園的經濟狀況，我實在很擔心。」

「所以宗華團長剛剛才會這麼在意樂團的事。」莉珊這才恍然大悟。

「對呀！」

孟涵皺著眉頭說道：「我也知道維護傳統的重要，可是再這樣下去該如何是好？」

「孟涵姊姊，我可以幫上什麼忙嗎？」莉珊關心的說。

「傻孩子，別多想了。妳快把合唱團給選上，讓姊姊有免費的冰吃就夠啦！」孟涵欣慰的笑著。

莉珊也乖巧點頭微笑。

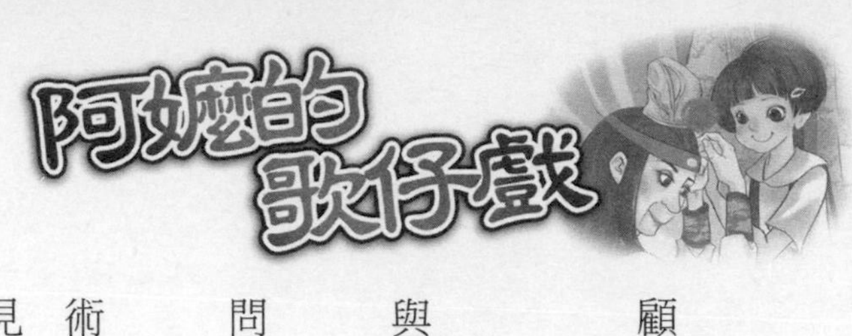

但在她小小的心靈中仍暗自想著：「歌仔戲團的人都對我這麼照顧，我一定要想辦法幫助他們！」

這天放學後，莉珊一如往常正準備前往活動中心練唱，卻聽見小燕與阿佳他們正在大聲談論著。

「欸欸！你們知道『銀河園』這個布袋戲團嗎？」小燕神祕兮兮的問道。

「我知道啊！我住台北的堂哥跟我提過，聽說他們團員人人會變魔術，所以他們演布袋戲的時候常常會噴白煙、發射光線哦！」班上的意見大王阿佳抓準機會，正得意的發表他的高見。

結果小燕卻毫不留情的吐槽：「才不是你說的那樣咧！他們噴的白煙叫做乾冰，你說的光線叫做雷射光，那個根本不是變魔術好不好。」

「妳……妳又知道什麼了！」阿佳不甘示弱的反擊。

由於全班只有阿佳在台北有親戚，因此台北許多新奇有趣的東西都是阿佳首先聽來，再宣傳到整個班上。

有時阿佳為了凸顯自己的見識，也往往把口耳相傳的消息加油添醋一番，使得大家以為台北是一個充滿不可思議的神奇都市。

本想藉由小燕開啟的話題大大威風一番，誰知道今天阿佳卻反而栽在小燕的手上。

「告訴你，我三叔可是在銀河園工作的呦！」

原來前些日子小燕的三叔被工廠辭退，為了謀生路離家前往台北發展，結果在銀河園裡謀得了一個舞台維護的工作。雖然在團裡只是個打雜的，但這實在足以讓小燕也能在「台北」與「新潮」這些話題中另立山頭。

「哼！那又怎麼樣？」

隱隱感到地位已經被動搖，阿佳被迫擺出反擊的姿態說：「妳還不

是沒看過他們的布袋戲！」

只見小燕不疾不徐的振了振衣領，神氣揚揚的說道：「雖然我現在還沒看過，不過再過不久他們就要來南方澳演出了，這可是千載難逢的機會哦！我叔叔說要幫我準備最前排的位子，還可以進後台去玩玩，到時候可別太羨慕我呵！」

「真的嗎？他們真的要來這裡演出？是什麼時候啊？」阿佳的跟班恩恩一聽到小燕這麼說，馬上露出興奮與羨慕的表情。

「十二月十號晚間七點在活動中心準時公演。」小燕驕傲的說。

「十二月十號？那不就是月明園公演那幾天？」莉珊聽到小燕這麼說，心中不由得一震，連忙問道：「小燕妳沒有記錯吧！那天的活動中心明明是月明園歌仔戲團的演出不是嗎？」

小燕不屑的笑了笑：「哈！我怎麼可能記錯？那個俗死人的歌仔戲鬼才想看咧！佔用活動中心根本是浪費資源，我想鎮長應該也覺得銀河園布袋戲比較精采吧！」

莉珊一聽到小燕這麼侮辱月明園，忍不住反駁：「才不會呢！我知道月明園的大家都很認真，他們都在為保護傳統文化而努力著，才不是妳說的那樣……」

方才看著恩恩『叛變』的阿佳，突然在莉珊身上找到扳回一城的機會，便抓緊時機附和道：「對啊！人家月明園維護傳統多了不起，哪像銀河園都靠一些機器幫忙，把傳統都破壞掉，真是爛透了！」

幾個人你一言我一語的吵個沒完，直到工友伯伯來幫教室上鎖了，大家才只好『休兵』各自回家。

當夜幕降臨以後，歌仔戲團的練習也告一段落。團員們圍成圓圈，一起蹲坐在活動中心的地板上吃便當。

這時門外突然傳來一聲洪亮的招呼：「哎呀！大家正在用餐呀！」

原來是鎮長來了。

團員們紛紛起身相迎，團長更是走上前去接待。

「鎮長怎麼突然來了，有什麼貴事嗎？」

鎮長笑了笑說道：「來給大家送飲料來哩！大家排練辛苦了。」只見鎮長身後的隨從拎了三大袋飲料走了進來，團員們開心得爭先走上前去領取。

「對了團長，我有點小事想找您商量呢！」

「喔！什麼事呢？鎮長這麼熱心的出借場地給我們，我們都很感謝您，正苦無機會報答呢！鎮長您放心吧！只要是我宗華辦得到的，我一定盡力替鎮長去辦。」

鎮長皺了皺眉頭，面有難色的說：「事情是這樣的，團長您知道布袋戲團銀河園吧！這可是台北最紅的團呢！他們也要來南方澳表演啦……」

「那很好啊！布袋戲也是我們台灣的傳統特色，這可是南方澳鄉親的福氣呢！只是我還是不明白鎮長您要我幫的忙到底是……」

「這個……因為他們布袋戲團非常紅、檔期很滿，所以敲定只能在十二月十號到十二號這段期間開演……所以想請問團長能不能改個時間或者取消？」

「取消？這怎麼可能，我們大家都練習這麼久了。」阿樂叔一聽到鎮長這話，馬上氣得破口大罵。

宗華團長比了比手勢要阿樂叔冷靜下來，接著對鎮長說：「鎮長，我知道我們月明園都是一些大專學生，沒有人是科班出身；也知道我們傳統守舊，沒有炫人耳目的華麗科技；但我們有一顆維護歌仔戲的熱心，我們是不可能取消演出的！」

團長看了看自己的團員，接著說：「何況他們大家平時也需要上課，我們的時間也不好調呀！我想本團的立場是不會改變的。不好意思

讓鎮長您為難了，然而身為一個團長，我還是有我的堅持。」

鎮長見狀，也知道要歌仔戲團退讓是不可能的事情了。

他沉吟了半晌，最後終於作出了決定：讓月明園與銀河園『分庭抗禮』，把活動中心分成兩半，一邊分給歌仔戲，而另一邊則撥給布袋戲。

聽見自己終於守住了演出，宗華團長也不好再多說什麼，而兩邊演出的事也就這麼確定了下來。

「同學們，告訴你們一個好消息！」

簡老師在音樂課的尾聲，迫不及待的跟大家宣布：「各位同學，我們有眼福囉！原訂十二月十日在活動中心表演的月明園歌仔戲跟銀河園布袋戲，將在後天預先舉辦一場義演，邀請本校所有師生前往觀賞。」

「這就是說，我們可以搶先看的意思嗎？」阿佳舉手問道。

「沒錯！所以這兩天大家可以準備一些零食，到時候就可以當做遠足啦！」

「耶！太好啦！可以看到台北來的布袋戲耶！」全班同學聽老師這麼一說，莫不滿心期待，只有莉珊心事重重。

原來莉珊覺得本該屬於歌仔戲團的活動中心，如今卻被突如其來的布袋戲分割出去，何況歌仔戲還承載著團長、孟涵姊姊的夢想以及阿嬤的回憶，對此莉珊感到相當不值。

再者，莉珊心中對上次小燕侮辱歌仔戲團的事仍舊耿耿於懷，看著全班都滿心期待著布袋戲，卻絲毫沒有人提起月明園，一想起劇團成員們默默努力的樣子，莉珊不由得難過了起來。

於是莉珊鼓起勇氣，走向小燕說道：「小燕，妳上次說月明園演的是沒人要看的歌仔戲，這樣說是不對的。我想，趁著後天我帶妳去跟人家道歉吧！」

豈知小燕一聽卻嗤之以鼻：「道歉？妳在說什麼呀！我沒有說錯啊！那個歌仔戲就是沒有人要看。不然我們來打賭啊！妳敢不敢？」

莉珊聽到小燕這麼說，心中一急，便答應道：「賭就賭……誰怕誰！」

「好啊！那我們後天看完表演後讓全班舉手投票，看哪一邊比較好看。歌仔戲贏的話我就去道歉，如果是布袋戲贏……妳這學期就幫我當值日生。」

「好！就這麼說定了，我才不相信這麼認真練習的大家會輸呢！」

到了義演當天，學生們陸陸續續走進活動中心。

由於兩邊同時開演，於是老師們決定讓一二三年級看較為簡單易懂的布袋戲，而四五六年級的學生則看深奧一點的歌仔戲。

五年級的莉珊全班被排到歌仔戲舞台側中間的位置，當同學發現自

己今天只能看歌仔戲時，紛紛流露出失望的神情。莉珊看到這個情況心中有些難過，但她轉念一想：「也許同學們是因為還不了解歌仔戲之美，所以才以為它不精采吧！相信只要過了今天，宗華團長就會讓所有人都明白歌仔戲的厲害之處。」

為了配合國小學生的程度，兩個劇團不約而同挑選了《西遊記》這類比較淺顯易懂的戲碼，歌仔戲演的是《齊天大聖鬧天宮》，而布袋戲則選了《牛魔王與鐵扇公主》。

隨著舞台布幕緩緩拉開，月明園的歌仔戲終於開始演出了。只見舞台上孫悟空使勁的翻滾、跳躍，就好像真的猴子一般。

雖然在排演時莉珊早就看過這些橋段，但是正式演出還是讓莉珊看得目瞪口呆。

當莉珊沈醉在孫悟空的調皮搗蛋時，卻聽到身旁的同學竊竊私語。

「這什麼鬼東西啊？」一個男同學不耐煩的說。

「為什麼不讓我們看布袋戲呢？這好無聊噢！而且還很吵，連想打瞌睡都睡不著……」另一個男生附和道。

「對啊……早知道是看這個就不來了……虧我滿心期待著呢！」當兩人抱怨得正起勁的時候，突然後面「蹦」的一聲，接著響起了陣陣激昂的搖滾樂，原來是布袋戲的牛魔王要登場了。

莉珊班上的同學紛紛轉過頭去觀看後方的布袋戲表演，只有莉珊不為所動，仍然堅持觀賞月明園的演出。

只是隨著布袋戲越演越精采，同學們轉頭的頻率也越來越頻繁，有的甚至趴在椅背跪坐在椅子上，只為一睹銀河園布袋戲的風采。

莉珊急忙站起來大喊：「大家快坐好，快來看精采的歌仔戲呀！」可是，沒有人聽從莉珊的呼喊，反而有更多的人有樣學樣的轉過身去看銀河園布袋戲。

沒有人知道歌仔戲《齊天大聖鬧天宮》什麼時候謝幕了，沒有人為

他們鼓掌、為他們喝采。

隨著孫悟空與鐵扇公主的戰況越演越烈，劇情來到最高潮，台下的學生全都目不轉睛的盯著劇情的發展。

鑼鼓喧天聲中，莉珊楞楞的望著遠方揚起的乾冰與閃亮耀眼的光線，久久難以自已。

「輸了……怎麼會這樣……怎麼會這樣……」

只見小燕趾高氣昂的對著莉珊說道：「妳看吧！早就說那歌仔戲是俗到沒人想看的鬼東西了，妳還不信，我說的明明就是實話。」

莉珊望著得意洋洋的小燕，雖然想說些話來反駁，可是就今天的結果來看，月明園實在是輸得太慘了。

「呵呵！輸到說不出話來啦！那也沒關係啦！誰叫它的對手是銀河園呢！噢！對了，我還得要去找我叔叔，值日生的事以後就麻煩妳啦！哈哈哈……」

莉珊不發一語，身旁的吵鬧與小燕的訕笑聲都糊成一片，耳邊嗡嗡作響，腦中反覆想著：「為什麼堅持夢想，做對的事情，卻還是得到失敗的結果？為什麼？」

第十章

海潮心聲

自從上次和小燕打賭輸了之後，莉珊的心情一直很低落，總是悶悶不樂。小英看在眼裡實在很心疼，安慰莉珊說：「莉珊，最近很少看妳笑，練習唱歌的時候也常常有氣無力的。」

「不知道怎麼搞的，最近我總是感覺脖子痠痠脹脹的，頭也有點隱隱作痛，左邊耳朵有時候會出現嗡嗡聲，有時候也會突然感覺噁心、非常想吐。」

「妳沒事吧？是不是太擔心甄選了？還是壓力太大？」

「嗯……我真的沒事！搞不好只是晚上睡覺姿勢不好，稍微落枕而已，不用擔心啦！」接著又是一陣沉默。

「對了！上次妳說想學鋼琴，不然明天再來我家，我請媽媽做好吃的點心，我們一起練唱和彈琴吧！」小英知道莉珊心情不好，還以為她是太過於擔心合唱團甄選的事情，所以試圖轉移她的注意力。

「小英，謝謝妳。但是我最近常常覺得很累，還是過幾天再去

吧！」

「莉珊！妳到底怎麼了？這樣子看得我很擔心呢！我們是好朋友，有我幫得上忙的地方我都可以為妳分擔。所以，請妳不要把不開心都往肚裡吞，我可是很有用的噢！」小英安慰道。

「其實也沒什麼啦！只是我最近常常在想，不知道這麼努力的去準備、去練習，到底有什麼用？最後會不會還是只有失敗的份？」莉珊的話語中有些灰心喪志。

小英溫柔的說：「還記得嗎？以前妳也曾經鼓勵過我，要做自己真正想做的事情，才會覺得充實和快樂。妳忘記我們約定無論多辛苦也要堅持下去嗎？我們可是說好要一起當音樂老師的。」

「可是我真的很難過，看到歌仔戲團這麼努力的表演卻沒有人欣賞，最後甚至連生存下去都很困難，為什麼會這個樣子呢？」莉珊還是提不起勁來。

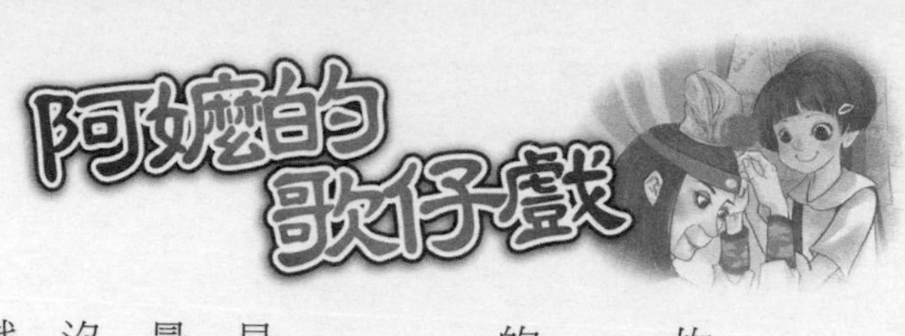

小英沉吟了一會，想起前些日子才讀過的小故事，說道：「莉珊，妳知道一個叫做梵谷的畫家嗎？」

莉珊點了點頭說：「我聽過這個名字，知道他是個名畫家……其他的就不太清楚了。」

只見小英緩緩說道：「雖然梵谷的畫很有名，但是在他活著的時候一直都沒有受到重視。那時候他的心裡也很痛苦，可是放棄畫畫就等於是失去的活著的動力，所以生活困苦的梵谷始終堅持用畫來表達自己。最後，雖然他無法得見，但是他還是成功了。的確，上次歌仔戲是比較沒有人氣，但他們也沒有因此放棄歌仔戲呀！或者，也許他們在演歌仔戲的時候，就已經是快樂的了！」

看著莉珊不發一語，小英便進一步的安慰：「其實我之前也曾和妳一樣感到灰心喪志過噢！」

莉珊驚訝的說：「真的嗎？」

「嗯！對呀！不過後來我媽問了我：『也許大家都認為結果很重要，不過有時候過程更重要。妳覺得我們唱歌，到底是唱歌本身快樂，還是必須掛著合唱團的名號唱歌才是快樂呢？』」

小英捏著鼻子模仿媽媽的語氣說著，逗得莉珊哈哈大笑。

「我明白妳的意思了，妳說得很對。小英，謝謝妳！」

聽了小英說的話，莉珊心中頓時釋懷不少，連日來低潮的情緒也逐漸恢復，只是伴隨著甄選的日期越來越近，左耳的嗡嗡聲竟也更加頻繁的出現。

兩人持續著合唱團甄選的練習，初選的日子很快就到來，音樂老師高聲的引導同學準備：「各位同學，現在要開始舉行合唱團團員第一次甄選。請大家按照編號排列，等一下會讓大家抽籤決定演唱的曲子，這次總共有五首歌，叫到名字的同學就帶著歌譜進教室演唱。全部唱完

後，今天就會公布可以參加複選的名單。」

合唱團團員的初選在同學們優揚的歌聲中結束，莉珊和小英焦急的在教室外等待結果公布。

「小英！我抽到的是《卡布利島》耶！上次我們編排過動作，而且昨天才練習過耶！」莉珊興奮的說著。

「妳也太幸運了吧！看來有人要被選上囉！我抽到的是《憶兒時》，雖然有練習過，但是我覺得很難唱，低音的部分還是沒啥把握。」小英顯得格外緊張。

「有什麼好開心的。」兩人回頭一看，原來是小燕來了。

只見小燕自信滿滿的說：「我唱的可是能夠展現實力的《小白花》，高難度呢！小英也就算了，莉珊妳真的以為像妳這種連家教都請不起的窮鬼選得上合唱團嗎？還是妳真的以為那個鬼歌仔戲能幫上妳什麼忙？我看妳也別在這邊浪費時間等結果出爐了，妳還是快點回家割竹

筍吧！老師上次國語課教的新成語『不務正業』妳背起來了嗎？」

「妳……」小英本想衝上前去理論，但莉珊還是把她拉了回來。

「算了啦……別吵架了，就隨便她說吧！」

只見音樂教室的門「咿呀」的打開，音樂老師手拿著一份資料夾走了出來。

「各位同學，這次初選的結果已經出來了，通過的同學請在十二月二十四日準時參加複試。入選名單等等老師會貼在公布欄，請同學自行查閱。」

莉珊與小英兩人迫不及待的跑到公布欄前面去查看入選名單，當莉珊好不容易擠到前排去時，一抬頭便看見「張小英」的名字，莉珊興奮得大叫：「小英，妳選上了！妳選上了！」

小英也看見了莉珊的名字，高興得大喊：「莉珊，妳也選上了耶！太好了！」

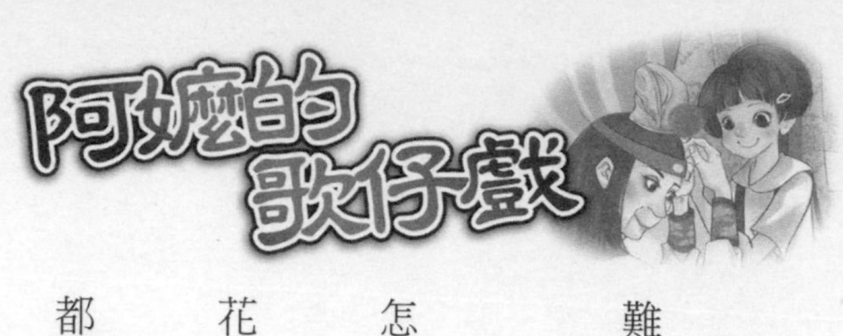

這時後面突然傳來一聲尖叫。「怎麼可能！為什麼沒有我？」小燕難以置信的反覆查看，卻完全找不到自己的名字。

「連莉珊這種人都選上了，為什麼沒有我？」

落選的小燕心中憤憤不平，越想越生氣。自己平常表現都很優異，怎麼可能選不上，一股怨氣向著莉珊和小英整個爆發出來。

「為什麼妳們都抽到練習過的曲子？我就抽到很難的《小白花》。」

「那、那個抽籤是老師決定的，我們只是把音樂課本上的每首曲子都練習過幾次。」莉珊好言解釋。

「有這麼巧？我明明聽妳說昨天還練習過。妳們事先就知道自己會抽到什麼歌，對不對？一定是妳又裝可憐，老師才幫妳們。這根本是作弊！」

面對小燕突如其來的指責，莉珊跟小英真是有理說不清。

「小燕！指責別人作弊是很嚴重的事情，不但傷害莉珊也污辱了老師。妳應該要道歉！」小英義正詞嚴的說道。

「我為什麼要道歉，我說錯什麼了嗎？莉珊總是仗著老師疼愛，就以為自己最行，其實根本就是個窮鬼裝可憐。上次還說什麼歌仔戲怎樣又怎樣的，看了就討厭！」小燕輕蔑的說。

「妳這是人身攻擊，快跟莉珊道歉！」小英大聲咆哮，簡直快氣炸了。

「拜託妳們不要這樣。」莉珊邊說邊拉住小英的衣角，但是哪裡阻止得了盛怒之下的兩人。

眼看小燕和小英就要扭打起來，莉珊也慌張的大喊：「妳們不要這樣，都不要吵了！不要吵！不要吵！」頓時莉珊又開始覺得身旁的聲音模糊了起來，只覺得頭好脹，好像越來越昏，眼前一黑就這麼暈了過去。

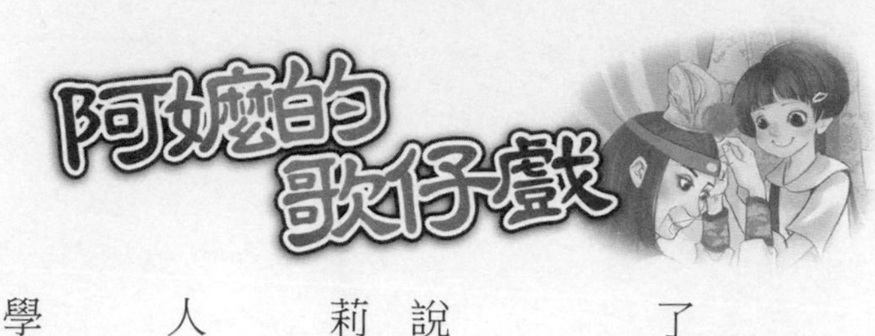

「莉珊！莉珊妳怎麼了？」看到莉珊突然昏厥過去，同學們都慌了，七手八腳的趕緊送她去保健室。

保健室外擠滿了湊熱鬧的同學，大家你一言我一語的猜測著：「聽說是小燕害莉珊昏倒哩！」「是喔！小燕不是跟小英吵架嗎？為什麼是莉珊昏倒啦？」

「哼！該不會是裝的吧？」小燕雖然心裡也很擔心，嘴上還是不饒人。

「不會啦！好像真的很嚴重！小燕妳剛剛說得太過份了。」一些同學開始指責小燕。

「喂！幹嘛搞得好像是我的錯一樣，剛剛我又沒有對她怎麼樣！是她自己沒事亂昏倒的！」小燕開始為自己辯駁。

「好了好了！莉珊沒有什麼事情，大家快回去上課。」保健室的護

士吆喝眾人回教室。

「我是她的好朋友，請問可以在這裡陪她嗎？」小英焦急問道。

「好吧！妳留下來，順便告訴我剛剛發生了什麼事情，其他人都回去吧！」

就在小英原原本本的訴說著剛才發生的事件時，莉珊終於悠悠的醒轉過來。

「咦！這是哪裡？」莉珊覺得很奇怪，又大聲說了一遍：「這是哪裡？」

一旁的小英和護士看到莉珊醒來，隨即笑臉迎來說：「這裡是保健室啊！」

莉珊看著小英的嘴開開合合的，卻始終聽不清楚她在說些什麼。

「妳說什麼？為什麼我聽不到妳說什麼？我也聽不到我說什麼！怎麼回事！我聽不到！我聽不到！為什麼我聽不到！」莉珊害怕的大聲哭

泣，但是她甚至也聽不見自己的哭聲，一切是這麼的安靜，安靜的使人害怕、令人絕望。

見到這樣的景象，小英和保健室的護士幾乎說不出話來，小英也嚇得抱著莉珊哭了起來。

「莉珊！妳怎麼了！不要嚇我，妳不要哭，沒事的、一定沒事的……」小燕顯得有些不知所措。

護士也擔心的說道：「怎麼會這樣子呢？這必須要馬上呈報校方，讓她的家人帶她去醫院檢查才行。」

「小英同學，妳不要擔心。聽力的問題只要盡速治療，大多能痊癒，馬上去醫院就可以得到很好的治療。妳不要擔心，不然莉珊同學會更慌。」護士阿姨一邊安慰小英，一邊拿了紙筆寫字告訴莉珊要鎮定：「莉珊妳不要怕，老師會馬上陪妳去醫院檢查，也會通知妳的家人，盡量緩和情緒不要哭。」

可是害怕極了的莉珊哪裡止得住滾燙的淚水，未知的恐懼佔據了她的心。

莉珊在大醫院內耳鼻喉科進行詳細檢查的同時，阿嬤也急忙趕來。阿嬤焦急的問著醫生：「醫生，為什麼我們莉珊會突然這樣？」

「以目前的醫學而言仍然無法確定原因，之前也有類似的案例。她最近心情怎麼樣？有沒有什麼壓力或是遇到什麼重大的事情？」醫生叔叔沒有正面的回答，反而拋出了問題。

「我們莉珊最近都很努力在準備合唱團的甄選，我孫女很乖，她很聽話又很會唱歌，如果聽不見她就不能參加最近的合唱團甄選，拜託你一定要把她治好！」阿嬤看著孫女早上出門還好端端的，下午就變這樣，既心疼又擔憂。

「我推測莉珊她可能是情緒起伏較大，最近壓力又接踵而來，才會

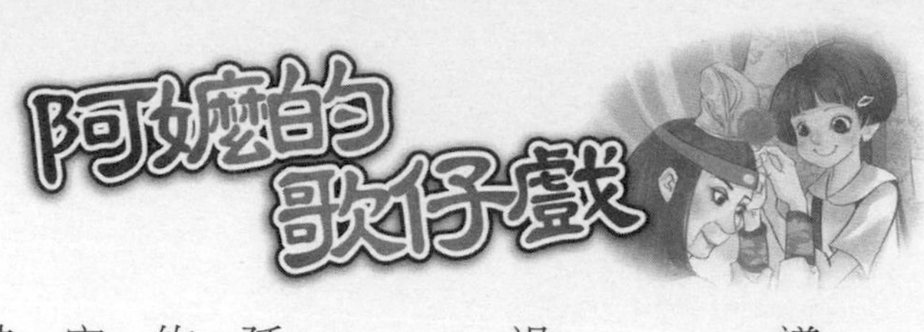

導致神經性的失聰，nerve deafness。」

「那是什麼意思？醫生你可以說得簡單一點嗎？」

「阿嬤您不用煩惱，這種突發性耳聾，又叫做『耳中風』，只要經過用藥和心理輔導，聽力大多可以逐漸恢復。」

阿嬤焦急追問：「這樣什麼時候才會好？」

「一般來說越早治療恢復越好，聽力恢復得也快，但是有些患者拖延到半個月或是一個月之後再去治療，治癒的希望就很渺茫了。耳中風的患者必須經過長期的追蹤治療，我建議服藥持續半年以上，直到病徵完全消失為止。阿嬤跟小朋友都一定要有耐心，治療到好，否則往往會造成很嚴重的失聰或是暈眩症狀喔！」醫生叔叔細心的說明著，並且鼓勵阿嬤跟莉珊要妥善治療。

什麼都聽不見的莉珊，頓時失去對夢想的希冀，莉珊覺得整個人茫茫然的，好像做什麼都沒有意義了。心中暗自想著：「我到底做錯了什

麼？連老天爺也要懲罰我。聽不見聲音，要怎麼參加合唱團的複選？為什麼會這樣……」眼淚撲簌簌，就像斷了線的珍珠項鍊，斗大的淚珠無聲無息的流個不停。

阿嬤看莉珊這樣，實在不忍心，張開雙手環抱住莉珊說道：「乖孫，不哭，乖孫不哭……阿嬤帶妳回家。」隨即想到莉珊根本聽不見自己說話，指著家的方向示意要帶莉珊回家，滿臉老淚縱橫。

祖孫兩人踏著夕陽踽踽步行，拖著長長的影子，蒼涼悽愴。

自從耳朵聽不見後，莉珊學校的課業進度頓時也就停擺下來，轉到特教班級改由專業的林老師個別輔導。

林老師具有原住民血統，是個非常樂觀爽朗的大男孩，皮膚黝黑，有著一雙大眼睛和一對濃濃的眉毛，總是笑瞇瞇的，會說很多有趣的故事，因此很受學生歡迎。

他會利用專業的特教方式教導莉珊課業，更重要的是每天陪伴著莉珊，輔導她受創後的心理問題。特教班的課程雖然進行得很緩慢，卻也比一般上課自由，莉珊時常可以選擇自己想上的課程內容，並且也常以筆談的方式與林老師討論自己的想法。

這天，林老師在紙上寫道：「莉珊，今天妳想上什麼課？」

「我不想上課了……」莉珊回應著。

「為什麼呢？」

「我不知道為什麼要上課。老師，我以後是不是都聽不到了？」

「不會的，醫生叔叔也說只要好好治療就會好。到時候妳就能回到班上跟大家一起學習。」

「可是我已經吃了好幾天的藥，也沒有改變。馬上就是合唱團複選，我怎麼辦？」

「莉珊，老師問妳，妳為什麼想加入合唱團？」

「我喜歡唱歌，以後我想當音樂老師。」

「那很好！妳年紀這麼小就有自己的夢想。妳這麼喜歡音樂，就算真的今年選不上合唱團，也應該不要放棄目標。過程當中也許很辛苦，會面臨很多考驗，但是只要堅持下去，總有一天會成功的。況且過程是比結果更重要的，不是嗎？」

「……」莉珊思考得出了神。

於是林老師又繼續寫道：「莉珊妳知道嗎？最美的畫不是用眼睛去看、最美的曲子用耳朵也是聽不見的。」

「怎麼可能？那要怎麼做？」莉珊非常驚訝。

「用心去看、用心去聽。」林老師帶著有些神祕的微笑繼續寫道。

「大自然的聲音是最原始的音樂，我們的族人都能聽見風在唱歌、看到四季在山上畫出最美的圖畫。莉珊妳試試看，閉上雙眼去感受海浪沖刷腳掌後在沙灘上留下潮汐的痕跡；也試著閉上雙眼站在遼闊草原，

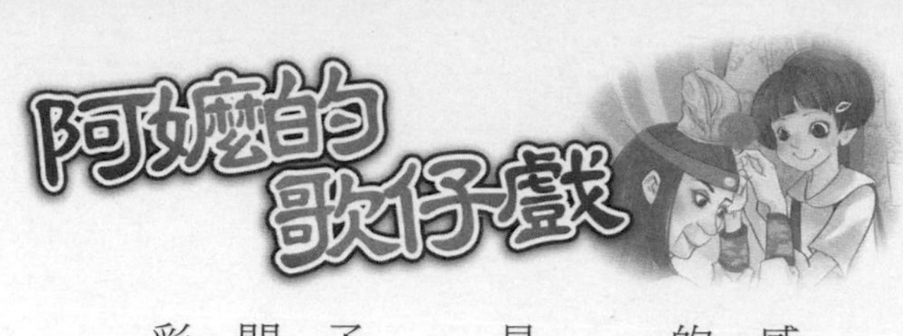

感受風吹拂過大地時的韻律。這些都是只有靜下心的人，才能感受到的，是神靈賜與我們最好的禮物。」

莉珊的心好像沉靜了下來，那些煩惱和擔憂雖然還是困擾著她，但是莉珊覺得自己似乎有些了解林老師的話。

這天放學，莉珊反覆思考著，她很想去聽聽看那種耳朵聽不見的曲子，不知不覺中走到附近的海邊。那片海面反射著夕陽的彩霞，金光閃閃的非常耀眼；遠處的天邊顏色又紅、又橘、又紫、又藍，一層一層五彩斑斕的雲朵，簡直美極了。

莉珊心想：「好美的景色。我以前怎麼都沒有注意到呢？」

莉珊一邊欣賞景色一邊延著海邊走著，找到一處適合小憩的地方坐下來，輕輕的閉上的雙眼。她感覺這個世界還是一樣寂靜無聲，海風一陣一陣吹拂著她的臉頰、擾動著她的髮梢，混雜著有點鹹鹹的味道，空氣溫溫的，有種濕濕黏黏的感覺。

「啊……」莉珊不自覺的發出了聲音，她想起小英說的貝多芬。

「不知道貝多芬聽不見的時候，是不是這種感覺？他是不是也聽到了大自然的聲音呢？」耳邊彷彿響起那首《月光》，微弱的聲響就好像月光潛藏在雲朵背後；反覆迴盪的音階就像是陣陣的晚風吹來，撩動著思念情人的心——暗自期待又不斷猜測。

「我聽到了！我聽到了！我真的聽得到了！」內心的感動令莉珊不顧一切的大聲呼喊著。她覺得血液中有一種衝動正在鼓噪著，這是從來沒有感覺過的。

在隨後的治療期間，莉珊仍舊吃足苦頭，常常感覺暈眩，連躺在床上睡覺的時候都不敢隨意翻動身體；常常感覺噁心，吃不吃東西都會想吐，也聽不到小英和阿嬤的鼓勵。

「莉珊加油！」阿嬤每天總是會寫這句話。

醫生叔叔說：「想哭的時候腦壓升高，對耳朵是一種傷害。」

因此莉珊常提醒自己不能哭。感覺難過的時候，就會去海邊。她觀察潮汐的流動，也觀察螃蟹在沙上挖的窩，莉珊漸漸發現自己生活了這麼久的地方，竟然有這麼多平常沒注意到的事物。雖然耳朵還是聽不見，但是心中浮現的音符卻越來越豐富，有好多奇妙的想法和靈感會突然出現。

莉珊想著：「等我有一天好了，絕對不能忘記這種感覺，我一定要把心裡的歌曲哼唱給大家聽。一定要！」

第十一章

傳統戲曲文化節

想不透為什麼會一敗塗地的孟涵呆坐在座位上，適才一起練習的團員們都各自回房休息了，整個活動中心又回到它應有的那份空曠與寧靜之中。良久，宗華團長才發現了獨坐在空蕩座位群中的女孩。「孟涵，大家都回去休息了，妳怎麼還在這裡呢？」

「團長……怎麼會這樣呢？為什麼我們都努力了，卻還是輸得這麼慘呢？」孟涵把那天演戲的心情一五一十的告訴團長，原來那天孟涵扮演孫悟空的演員正是孟涵。

在彩排時，一直樂於為小朋友帶來歡樂的孟涵就不斷的幻想著小朋友會開開心心的看著自己的表演，然而當天正式演出之後，情況卻讓孟涵大失所望，根本沒有人想看歌仔戲。只見團長爽朗的笑了笑說：「啊哈哈！原來妳在為這件事難過啊！銀河園的表演確實很精采呀！大家都想看這也是人之常情吧！」

孟涵一聽到團長這麼說，感到有些意外。「可是……明明月明園歌仔戲才是既努力又用心的好劇團，那些靠機器的劇團卻可以輕輕鬆鬆的贏過我們……」宗華團長摸了摸孟涵的頭：「妳知道吧？布袋戲也是我們台灣的傳統戲曲呢！」

「雖然布袋戲並不是台灣首創，而是清朝時才從中國傳入，不過布袋戲也在台灣有著一段屬於它自己的奮鬥歷史。」團長指了指銀河園的戲臺，正好有兩名工人在擦拭一些奇怪形狀的機器。

「老實告訴妳吧！其實我並不認同這種在表演當中使用高科技的東西來炫人耳目的作法，可是他們又何嘗不是在為守護布袋戲而努力著呢？孟涵！我並不在意我們跟銀河園誰輸誰贏，因為只要我們彼此都把傳統戲曲傳承下去，那對我來說就是真的勝利了……所以，把自己的本分做好就好了，不是嗎？」

聽到宗華團長這一番話，孟涵的心才終於豁然開朗了起來。

吃完晚餐後，宗華團長特地買了幾罐飲料，往銀河園的休息室走去。

「請問銀河園的團長在嗎？」宗華團長客氣的問。這時一位看起來三十歲不到的年輕人站了起來說：「我就是，請問您有什麼事嗎？」

兩人來到活動中心的庭院裡，入夜的南方澳沁涼如水，沒有光害的天空更是佈滿星斗。宗華遞了罐咖啡給那年輕人，年輕人不斷稱謝，很是客氣的接了過來。

「想不到銀河園的團長竟然這麼年輕，真是年輕有為。」宗華團長驚訝的說。銀河園的團長抓了抓頭，不好意思的說道：「沒有啦……我們家其實是布袋戲世家。這個劇團是我爺爺所傳下，本來團長應該是要給我爸當的，只是他前年發生車禍去世，家裡的兄弟又沒人肯接。為了傳承爺爺的事業，我便把整個劇團扛了下來……」

「原來銀河園也和我一樣，都背負了整個家族的傳承與夢想……」宗華團長思索著。

「對了，我們都還沒有自我介紹呢！我叫宗華，是月明園歌仔戲團的團長。方便請教您的名字嗎？」

「哪裡哪裡！」銀河園團長客氣的說：「哪有什麼不方便的，我叫郭清和，很高興認識您！」雖然年紀差了一截，然而兩人一見面就聊得非常投機，就像是深交許久的老朋友一般。兩人同是傳統劇團的團長，有許多經營的理念、演出的甘苦談可以與對方分享。這麼一聊，便忘了時間……

「其實，我很敬佩宗華團長你呢！」聽到清和團長這麼說，宗華很是訝異的說：「怎麼會呢！您可是當紅布袋戲團的領導人呀！為何敬佩我這種小劇團的團長呢？」

「上次聯合義演的時候，我發現月明園雖然只是個小團，但是該有的設備卻絲毫沒有馬虎。」

「宗華團長一定很好奇，為什麼我們團會加入這些科技設備作為表

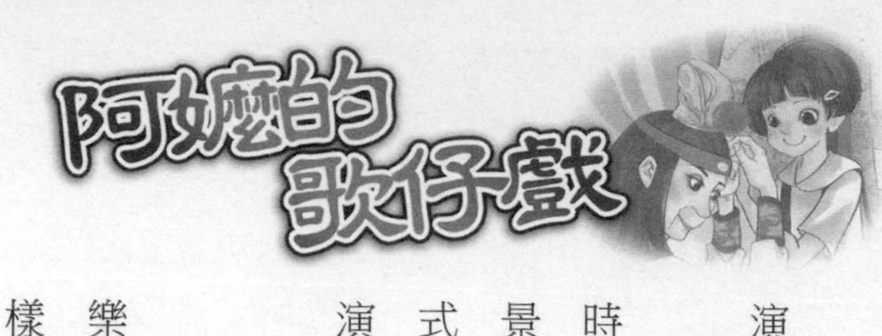

演的要素吧！」

宗華笑了笑，沒有說話。清和也對著宗華笑了笑，接著說道：「那時候接下家裡的布袋戲團，已經是內台戲逐漸沒落的時候了。過去的榮景已經不再，家裡的積蓄也所剩不多。當時我也曾經堅持依照過去的方式來演出，但演了幾場後就發現：如果要照過去傳統的那種排場來表演，預算上根本不可能。那時候，我實在很後悔扛下這個燙手山芋。」

「喔？那後來怎麼改變了呢？」宗華好奇的問。

「那時候剛好有朋友在從事音樂製作，他告訴我可以用機器製作出樂師演奏的音樂，再搭配上音色良好的音響一樣可以達到效果，而且這樣也能降低成本。」

「後來，某天我正讀著武俠小說，突然覺得如果武功招式也能呈現出來，那一定能吸引更多觀眾來看。於是乾冰與雷射光就這麼被我帶進布袋戲裡來……」

「也就是因為我也曾經堅守傳統過，知道堅守傳統有多困難。因此當我看見月明園的表演時，心中竟有種莫名的感動……所以，我才會認為團長你真是值得尊敬的藝術工作者呀！」

聽到清和這麼說，宗華反倒有些不好意思起來，吶吶的說：「沒有啦……我只是盡我的本分把工作做好……」

「對了！清和團長，其實我有一件事想與您談談！」這時宗華突然想起他找清和出來的一件要事。

「是這樣的，上次演出的時候，雖然我們兩團各據一角、彼此不犯，但是音樂聲的傳播卻是分隔線所抵擋不住的。這樣，會導致兩團互相干擾，影響演出的品質……」

「這個情況我也發現了，只是思索幾日，還是想不出解決方案。不知道宗華團長您有何高見呢？」清和誠懇的望著宗華，他很開心這位老大哥也和他一樣發現了這個問題，並願意一起想辦法解決。

「也許……我們可以聯合舉辦一個傳統戲劇藝術節？」宗華試探性的問。

「傳統戲劇藝術節？聽起來挺有趣的呢！只是不知道宗華團長的想法是……」清和有些摸不著頭腦。

「就我所知，我們兩團原本都預定十二月十日要演出三場戲，如果我們都擠在一起開演的話，那結果鐵定又像上次一樣一團糟。所以我想不如把演出的場次打散，讓我們兩團輪流表演，這樣既可以共用活動中心，又可以排除干擾，還能讓團員保有休息時間，可說是一舉數得。」

「可是，如果照宗華團長您這樣排法，那麼入場券的收益要怎麼分配呢？」清和團長問道。

只見宗華團長哈哈的笑了起來，說：「清和，本團不是營利組織，我們的團員全是為了保護傳統戲曲而奮鬥的好夥伴，大家都不是為了賺錢而來參加的……門票的錢，就全數歸給銀河園吧！」

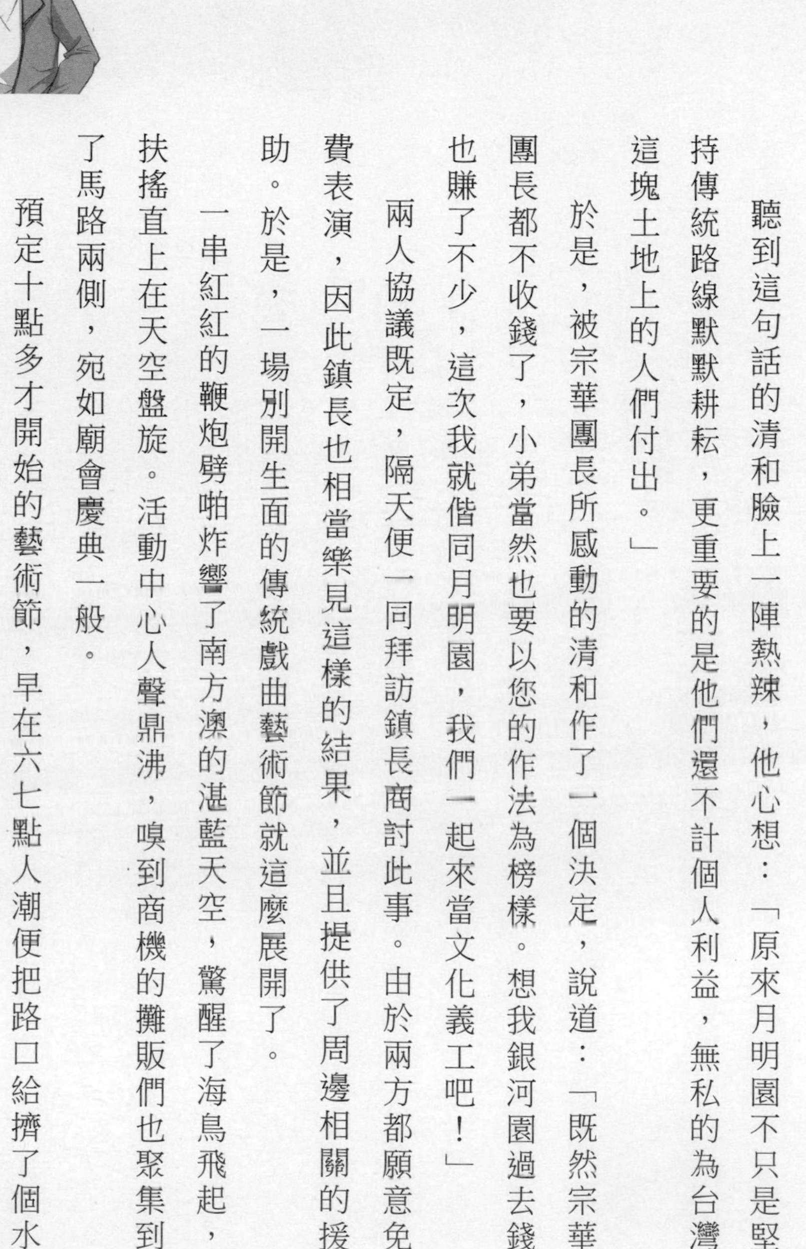

聽到這句話的清和臉上一陣熱辣，他心想：「原來月明園不只是堅持傳統路線默默耕耘，更重要的是他們還不計個人利益，無私的為台灣這塊土地上的人們付出。」

於是，被宗華團長所感動的清和作了一個決定，說道：「既然宗華團長都不收錢了，小弟當然也要以您的作法為榜樣。想我銀河園過去錢也賺了不少，這次我就偕同月明園，我們一起來當文化義工吧！」

兩人協議既定，隔天便一同拜訪鎮長商討此事。由於兩方都願意免費表演，因此鎮長也相當樂見這樣的結果，並且提供了周邊相關的援助。於是，一場別開生面的傳統戲曲藝術節就這麼展開了。

一串紅紅的鞭炮劈啪炸響了南方澳的湛藍天空，驚醒了海鳥飛起，扶搖直上在天空盤旋。活動中心人聲鼎沸，嗅到商機的攤販們也聚集到了馬路兩側，宛如廟會慶典一般。

預定十點多才開始的藝術節，早在六七點人潮便把路口給擠了個水

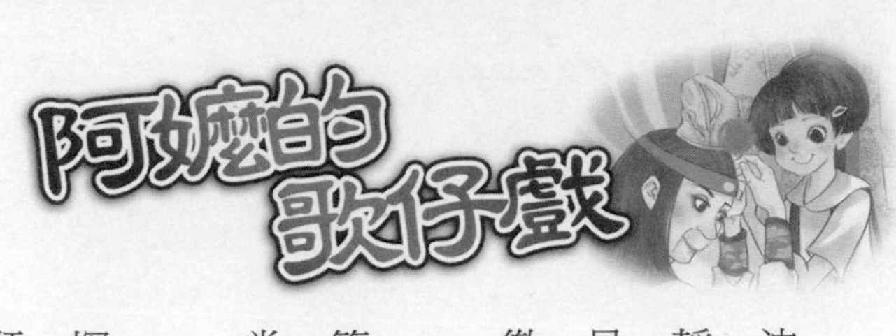

洩不通。雖然這是南方澳少見的熱絡喧鬧，但在莉珊耳中卻是無盡的寂靜。眼前的人們雖然認得，但卻在自己面前演出令人費解的默劇，若不是阿嬤從頭到尾都緊握著自己的小手，莉珊真覺得自己被這個有聲世界徹底的拋棄了。

自從莉珊聽不見任何聲音之後，孟涵姊姊的特訓自然也擱置下來，算算也有段時日不曾見面了，與孟涵情同姊妹的莉珊自然十分想念。正當莉珊想著要到後台與孟涵打聲招呼時，孟涵卻正巧迎面走來。

關於莉珊失聰的事，孟涵早已從團長那邊得知。雖然一心掛念著要探望莉珊，但由於演出日期將近，需要加緊練習，因此孟涵也苦無時間顧及此事。當孟涵看見莉珊時，心中的不捨與牽絆頓時化作淚水，撲簌的滴了下來。

看著眼前突然流下淚來的孟涵姊姊，莉珊趕忙抽出手帕上前拭淚，安慰說：「姊姊……今天是個開心的好日子，妳怎麼哭了呢？」莉珊的

舉動溫暖了孟涵的心房，她緊緊的抱住莉珊，汪著眼淚不斷的說：「莉珊，妳是個貼心的好孩子，怎麼會這樣呢？老天怎麼這麼殘忍呢……」

聽不見任何聲音的莉珊，以為孟涵姊姊正為了待會的演出緊張著，她仿效阿嬤過去安撫自己的老方法，緩緩拍著孟涵的背，輕聲的說：「乖！沒事的……沒事的……撐過去就好了……」

孟涵聞言，又大哭了起來。

祖孫倆進到活動中心已是開演前十分鐘的事情了。由於莉珊仍須靜養，不能在紛鬧的場所久待，因此月明園的三場戲只能揀一場看。正當兩人望著爆滿的座位興嘆時，宗華團長笑嘻嘻的走來，說：「阿姨、莉珊，妳們來啦！快過來、快過來，我幫妳們留了好位置哦！」

阿嬤急忙推辭道：「這怎麼好意思，我們之前就一直麻煩大家，今天還要讓大家為我們找位子……」宗華團長牽起阿嬤的手，說道：「阿姨，這齣戲是我特地為您準備的哪！當然要請您好好欣賞，而且莉珊還

在生病，讓她站太久也不好吧！」聽到宗華團長這麼說，阿嬤也就順了團長的意思。三人走到最前方正中央的貴賓席坐定，戲就開始了。

阿嬤看著好整以暇的宗華，感到好奇的問：「宗華，戲都演了，你不去後台看著不要緊嗎？」只見宗華團長老神在在的說：「不要緊啦！他們都練習很久了，沒問題的。我今天的工作就是在這裡陪阿姨您看完這場『特別的戲』。」

「到底有多特別呢？」看著神神祕祕的團長，阿嬤不停張望尋找線索。當她發現了紅紙上寫著的劇目時，目不識丁的阿嬤對那兩個字卻有些熟悉，好像在記憶的深處曾經認識這兩個字似的。

「天盡頭，何處有香坵？未若錦囊收豔骨，一坏淨土掩風流。」舞台上小旦開口唱著，阿嬤的身軀如觸電般為之一震。

「是《葬花》！是《葬花》啦！」身著朱紅色華服的小生雙手環住淚流滿腮的女子，溫言安慰：「黛玉妹子，妳因何如此悲傷？」阿嬤幾

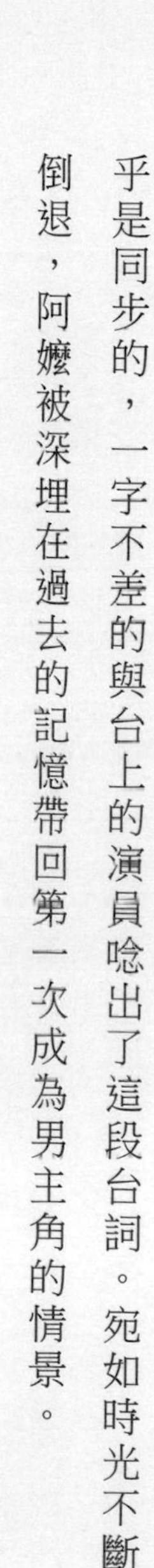

乎是同步的，一字不差的與台上的演員唸出了這段台詞。宛如時光不斷倒退，阿嬤被深埋在過去的記憶帶回第一次成為男主角的情景。

那天新的戲服終於縫製完成，試裝的碧枝興奮的撫摸著這件上好質料的長袍。當她套上賈寶玉的紅色華服，不禁開心得在換衣間握住秀珍姊的雙手大叫：「我辦到了。秀珍姊！我是男主角了！」

「啐！我道是誰，原來是這個狠心短命的……」秀珍姊也換上了林黛玉的妝束照著劇本演了起來，逗得碧枝更是歡喜。

「妳且站住，我知妳不理我，我只說一句話，從今後撂開手。」戲臺上的演員不斷說著自己曾經苦背過的台詞，在阿嬤的眼中卻彷彿看見了年輕時候的自己。

當賈寶玉緊握住林黛玉的雙手，阿嬤不禁輕叫了一聲：「啊！秀珍

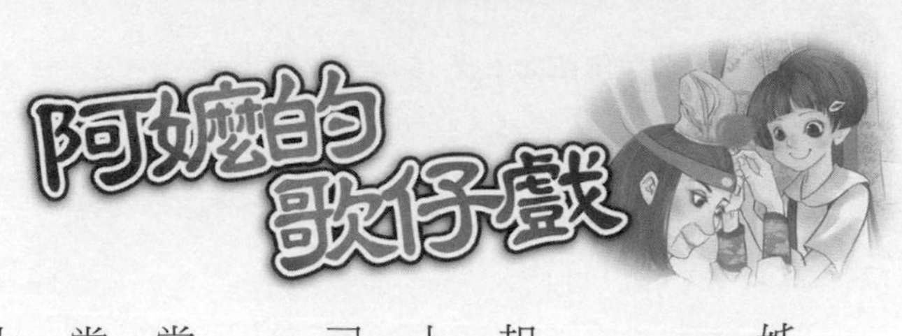

姊，妳還好嗎？妳還記得我嗎？我實在好想念妳……」

這時丫環紫鵑迎上前來說：「小姐、寶二爺，夫人有請呢！」

「阿花，這不是阿花嗎？妳也來啦！」阿嬤看著甫出場的丫環，想起了和她一起攜手奮鬥過來的好夥伴阿花。雖然當初阿花接替了無法北上的碧枝成為當紅小生，但是阿嬤對她從未有所怨懟，反而樂於看到自己未竟的夢想在摯友的手中完成。

那時阿嬤出嫁之後，便少有小江南的消息。有次，阿嬤偶然從曲盤當中聽見熟悉的聲音，才知道阿花在台北果真成為當紅小生，並和那時當紅的歌星純純一樣，也遠赴日本灌錄了幾張唱片。只是後來二次世界大戰爆發，阿嬤便從此再也沒有阿花的消息了。

「妳們都來陪我唱這一場戲了嗎？四十年啦！我等了四十年啦！」

阿嬤激動得緊握雙手，彷彿台上的演員就是小江南的當家三伶，是阿花和秀珍姊陪著自己，終於要完成這場毀於大火的最終演出，達成阿

嬤深藏心底的最大遺憾。

當阿嬤在台下唸完最後一段台詞，紅色布幕便隨之將下，頓時全場轟然響起一片熱烈的掌聲。

宗華團長溫柔的握著阿嬤緊捏著的拳頭，不斷說道：「阿姨，妳扮得真好、扮得真好！」

原來宗華團長過去早從父親口中得知，碧枝主演的《葬花》尚未開演就因火災而被迫取消。孰料，這也使得碧枝的歌仔戲生涯尚未走紅就畫下句點。

宗華的父親對此耿耿於懷，希望能給碧枝一個交代——那怕是一句道歉都好，後來宗華一直惦念著這件事情。

當得知碧枝阿姨還在南方澳時，宗華便打定主意要為碧枝演出這一齣戲，一來完成碧枝阿姨的夢想；二來，也算是達成了父親的遺願……

阿嬤沈醉在這片原本應該屬於她的，遲來了好幾十年的掌聲中，不

由得潸然淚下。一旁的莉珊望著阿嬤的淚水靜靜的流，全場的觀眾安安靜靜鼓掌、轟動，她高興得笑了起來，喃喃的說：「月明園……真的成功了！」

第十二章

支持莉珊的力量

小恩偷偷輕聲的問阿佳：「欸欸！現在是什麼情況啊？老師怎麼都不說話？」

阿佳回答道：「我也不知道耶……老師似乎很難過？」

「咳咳……」老師清了清喉嚨，阿佳和恩恩馬上識相的閉起嘴來。「各位同學，相信大家都知道莉珊耳朵聽不見的事情了。這幾天，老師一直反覆考慮要不要向大家談談莉珊的身世。為了澄清大家對莉珊的誤解，我想……我還是有必要跟大家說明莉珊的情況。」

於是，老師開始將前些日子做家庭訪問時，從阿嬤那裏聽來的故事完完整整地轉述給班上的學生聽。

原來莉珊的父母以種植蔬果維生，雖然賺的錢不多，但由於家裡本就勤儉，即便生活清苦了些，卻也過得十分快樂。這天正好是他們的結婚紀念日，莉珊的父母便決議提早收工回家。兩人興沖沖的提著一塊蛋糕，想要回家與莉珊一起慶祝。

然而就在即將抵達家門的前一刻，一輛貪快的車闖了紅燈，從路口急馳而出，來不及反應的夫妻倆就這麼慘死輪下。

從此之後，阿嬤一肩負起養育莉珊的責任。阿嬤接手了過去本由兒子媳婦兩人一起種植的農地，一個人做完所有工作。然而後來年紀漸大，阿嬤能負荷的工作量越來越少，如今只能靠收割竹筍及幫鄰居曝曬魚乾維生。

值得欣慰的是，莉珊從小就十分懂事，也常常幫忙阿嬤一個人做不來的農活。只是，莉珊家裡的經濟情況本就不甚寬裕，莉珊父母親的死去無疑是雪上加霜，家裡的積蓄幫夫妻倆辦妥喪事就所剩無幾，還好有些親戚伸出援手，總算能讓莉珊勉強繼續學業。

「各位同學，大家都認為老師總是偏袒莉珊。但是我們有沒有想過，不是所有人都跟我們同樣幸運，有著完整而美好的家庭。」

「當你們的運動鞋壞了，爸爸媽媽總能適時的買雙新鞋給你。但是

莉珊能嗎？你們知不知道光那運動鞋，莉珊的阿嬤得賣多少支筍才能有一雙？」

「也許大家會對老師特別照顧莉珊感到不平衡，有些人甚至進而討厭起她來。但大家請好好回想，莉珊曾經對各位做過任何不好的、傷害過大家的事情嗎？現在莉珊生病了，大家怎麼可以都這樣不聞不問的呢？」班上的同學紛紛你看我、我看你，有些人則嘰嘰喳喳的討論起誰曾經說過莉珊壞話、欺負過莉珊。這當中與莉珊有過爭執的小燕突然成為眾矢之的，阿佳用手指戳了戳小燕的手臂，偷偷的說：「喂！老師應該在說妳吧？」

小燕急忙撥開阿佳的手，小聲的說：「我……我才沒有欺負她咧！你在亂說什麼？」

「明明就是妳把人家鬧到生病，妳還在那邊裝傻……」阿佳揶揄的鬧著小燕，小燕也開始心虛了起來。

「你們知道嗎？莉珊從來沒有在老師面前提起她被欺負的事情，難道欺負她的人不該感到愧咎嗎？」小英站了起來，義憤填膺的為莉珊說話。聽到小英這番話，有些人開始低下頭來沉默不語，小燕則是羞愧得無地自容。

反省的班會就這麼過去了，同學們想起自己過去對莉珊的不友善，心中難免感到懊悔。

「原來莉珊的身世這麼可憐……」

「對呀！我們當初這樣欺負她，實在太不應該……」

「我才惡劣，那時候無憑無據的，還說她是小偷……」

班上反省的聲浪此起彼落。

「唉！要怎麼向莉珊表達我們的歉意呢？」班上一個總愛嘲笑莉珊穿破鞋的同學問道。

「不如我來做一張大卡片，讓我們班上的同學在上面簽名留言，把

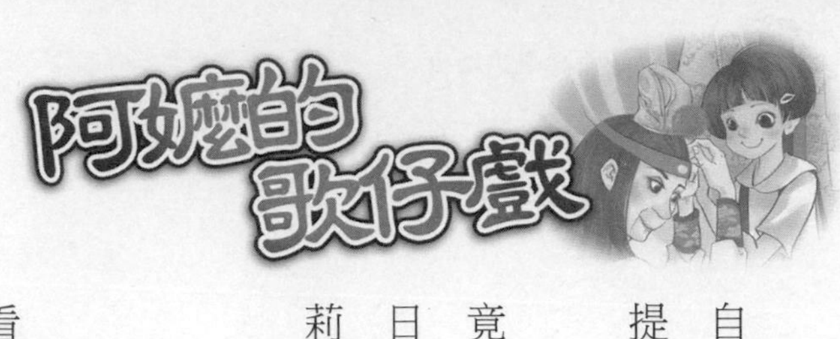

自己想對莉珊說的話都寫在上面，如何？」最擅長做美勞的學藝股長一提議，全班都表示贊同。

「也許這張卡片，應該由全班的同學一起送給莉珊比較好噢！畢竟，這是我們對她的歉意……」班長也提出了自己的意見。就這樣，週日的午後，莉珊家門口逐漸聚集起了一群小朋友。他們都是曾經欺負過莉珊的同學，為了向莉珊致上歉意，約好和班長一起來送莉珊卡片。

在廚房裡煎著補藥的阿嬤聽見外面一陣喧鬧，便走到戶外來探看。

「小朋友，你們是？」

「阿嬤您好，我是莉珊的同學，我們是一起來探望莉珊的。」班長看見阿嬤走出來，便走上前去表明來意。

阿嬤一聽是莉珊的同學來了，便開心的招呼大家進來客廳坐坐。班長帶領著同學正要走進屋內時，突然聽見裡頭有人在唱歌。

「這不是莉珊的聲音嗎？」小燕驚呼了一聲。

同學們紛紛向裡頭探望，發現有個女孩拿著樂譜，正專心的唱著《茉莉花》。

「莉珊既然生病了，怎不好好休息呢？」班長心想。

於是，他便從包包裡掏出紙筆寫了幾個字遞給莉珊：「妳不是生病了嗎？怎麼還在練習？」

這時莉珊才發現班長已經站在自己身旁。看到班上許多同學們也來了，莉珊開心的笑了笑，說道：「對呀！我天天都在想，雖然現在我的耳朵只恢復一點點，但是也許明天我就好了。到時候我還要參加合唱團的複選呢！萬一現在疏於練習，複選的時候被刷下來的話就慘了。」

小燕跟班長拿過紙筆，寫下：「原來妳一直都這麼努力……對不起，過去的我什麼都不知道，我以前不應該亂說話的！」

莉珊害羞的說：「沒關係啦！那都是以前的事了。小燕，很高興今天妳來看我哦！」

看到小燕的勇於懺悔以及莉珊的寬宏大量，同學們感動得為兩人的和好鼓掌。這時，班長向前遞上學藝股長做的卡片，只見那卡片做成音符的模樣，上面還繫著粉紅色的蝴蝶結。一打開來看，上面寫著的全是同學們滿滿的祝福，莉珊仔細的讀著每個人的留言，不禁感動得流下淚來。

「哇！好香喔！」從廚房傳來的香氣逐漸靠近，原來是阿嬤為了招待同學，特地煮了一鍋芋頭甜湯。雖然因為經濟能力有限，加上事出匆忙，阿嬤的芋頭湯只是很陽春的放了幾塊芋頭，但是芬芳的香氣與莉珊祖孫的殷勤招待，還是溫暖了每一個同學的心。

小燕一口接著一口的品嚐著這個阿嬤用心準備的甜湯，這是她這一輩子從未吃過的粗食，然而滋味卻遠勝於她吃過的許多名貴甜品。

她看了看莉珊家的擺設，老舊的土角厝，地板是土、牆壁還是土，和自己家的磨石子地板與油漆水泥牆完全不能相比擬。莉珊家沒有舒服

的長沙發，只有灰黃的藤椅和板凳；牆壁上沒有掛著美輪美奐的裝飾品，只有懸吊著的秤砣與斗笠。小燕實在難以想像自己能在這樣的環境中住幾天。

可是看著莉珊樂天知命的笑容，以及病中練唱的傻勁，小燕卻突然有所領悟：「原來成功的條件，就是用真心去努力，而不是金錢來堆積。」小燕這時才終於想通，為何貧窮的莉珊能夠入選，而自己卻慘遭滑鐵盧的真正原因。

這天晚上，莉珊開心的抱著同學寫的卡片，一想起現在全班的同學都跟自己成為好朋友，莉珊就興奮得睡不著覺，恨不得明天耳朵就完全恢復聽力，馬上回到學校跟大家一起上課、玩遊戲。當然，最令莉珊掛念的還是不知道趕不趕得上合唱團複選這件大事了。

「如果還是好不了，那該怎麼辦呢？小英、孟涵姊姊……」想著想著，莉珊終於沈沈睡去。

「各位同學請注意，歡迎大家來參加第二次的合唱團甄選。這次複選和之前的方式不同，待會請大家統一演唱《茉莉花》，並按照順序分別進行試唱，等到全部完畢後，老師就會立刻公布入選名單。」音樂老師簡單宣布規則。

冬天的陽光暖暖的灑在校園的每個角落，菩提樹上的最後一片枯葉隨著東北風緩緩落下。莉珊駐足在音樂教室前，內心卻十分忐忑。

這些日子以來，莉珊實在經歷了許多風風雨雨。雖然一度想放棄，但所幸還是能克服萬難，來到這最後的考驗。

「是《茉莉花》耶！這不是我們前陣子才練過的歌曲嗎？」小英抓著莉珊的手說道。

「是沒錯啦！可是我的聽力只恢復一些，所以還是很擔心耶！」莉珊皺著眉頭，頗是焦慮。

「妳可以的啦！莉珊，妳不是和小英說好，要一起進合唱團的嗎？

還要一起當音樂老師嗎？」連以往兇巴巴的小燕也溫柔鼓勵著莉珊。

「嗯！小燕妳說的沒錯，我一定要跨過這一關，才不會辜負大家的期待。」莉珊點了點頭。

「唉唷！妳快回想一下當初小燕那種囂張的態度，也許想起這個會讓妳鬥志百倍喔！」阿佳調皮的向小燕扮了一個鬼臉，惹得小燕朝他身上一陣猛打。

「你很奇怪耶！哪壺不開提哪壺。告訴你，我已經跟莉珊變成好朋友囉！」

莉珊也附和道：「對呀！阿佳你這樣可不行，小燕今天可是特地來幫大家加油的耶！」

正當小燕和阿佳在音樂教室前打鬧時，突然傳來簡老師的聲音：「莉珊，輪到妳囉！請進來考試吧！」

簡老師從教室門口探出頭來呼喚莉珊的名字，使得莉珊又增添了幾分緊張。看著莉珊四肢僵硬的走來，老師旋即投以一抹親切的微笑，說：「莉珊妳別這麼緊張啦！妳平常都很認真練習，這次考試妳只要發揮正常水準，獲選的機會就很高了喔！」

一聽到老師這麼說，卻讓平時就容易膽怯擔心的莉珊更加緊張，心想：「萬一我沒發揮出正常水準怎麼辦？萬一我突然忘記歌詞了怎麼辦？如果唱到一半倒嗓了怎麼辦？如果……」莉珊越想越慌，簡直像是熱鍋上的螞蟻。

「下一位是莉珊同學，請進！」

音樂老師收起方才的微笑，正經的對著其他評審委員唱名。突如其來的嚴肅打斷了莉珊的思緒，她的腦中一片空白，好像連前幾天才唱過的《茉莉花》歌詞都給忘光了一般。

莉珊只好在心底暗自嘀咕：「不管了！硬著頭皮上吧！」

「各位評審老師早安！我是六號的莉珊，請多指教。」莉珊才剛向

評審們鞠了個躬，鋼琴便響起《茉莉花》的旋律。驚惶的莉珊手足無措，眼看著前奏就要結束，這時耳邊突然聽見熟悉的聲音：「再這樣緊張下去，妳那碗冰就沒有囉！」

奇怪？是誰在說話？

「沒錯，就是這樣！記住這個感覺。」啊！是宗華團長的聲音。不知為何，莉珊的耳邊突然浮現了往日與團長談話的情景。

「是宗華阿伯！您怎麼來了？」雖然沒有看到人，但莉珊確實聽到了宗華團長的鼓勵。

「不是我怎麼來了，而是我們大家都一直陪著妳呀！」

莉珊猛然想起了與孟涵姊姊一起跑得氣喘如牛、一起躺在墊子上聊心事的情景；想起和小英一同在她家的琴房內，聽小英彈奏世界名曲的快樂時光；想起那天和自己提起年輕夢想的阿嬤，那雙既無奈又美好的眼神。

莉珊將眼睛輕輕閉上。彷彿，這些莉珊生命中最重要的人，如今都在這間音樂教室內，陪著莉珊一同吟唱著這首歌。莉珊再也不感到害怕、退縮，因為即使不在身邊，莉珊仍能清楚的感覺到，他們正陪著自己完成長久以來希望達成的夢想。

莉珊突然鎮定住了心神，過往練習的旋律全部回到她的腦中，開口唱道：「好一朵美麗的茉莉花！好一朵美麗的茉莉花！芬芳美麗滿枝椏，又香又白人人誇。讓我來將你摘下，送給別人家。茉莉花呀茉莉花！」

終於，所有同學都完成試唱，教室外頭的參賽者議論紛紛，不知道自己究竟能不能雀屏中選。而小英和莉珊緊握彼此的雙手，一起迎接結果的來到。不一會兒，簡老師便面帶微笑的從教室裡走了出來，手上則拿著一個紅色的公文夾。頓時，原本喧鬧的走廊突然一陣安靜，參選者們無不屏息以待。

「現在宣布合唱團錄取的同學：小英、琬禎、莉珊……讓我們一起恭喜這幾位同學獲選！」

現場響起如雷般的掌聲。雖然公布合唱團的入選名單，總是幾家歡樂幾家愁。但是落選的同學們卻都很有風度的為入選者高興著。

「那麼，請已選上的同學於每週二、三下午放學後到音樂教室。由於三個月後的校慶就要表演了，因此從下禮拜開始，我們就要開始訓練課程囉！」

「選上了？」

「妳們選上了？」

阿佳與小燕興奮得一擁而上，直呼：「太厲害了！莉珊，妳終於如願成為合唱團的一員了！」

莉珊和小英則不可置信的擁抱著對方，嘴裡不停的說：「我不是在做夢吧！」「我不是在做夢吧！」「我不是在做夢吧……」

清晨的陽光從窗戶透射進來，照耀在莉珊沈睡的臉龐，眼角邊的淚痕未乾，多少還閃著些許銀亮。

「莉珊，起床囉！去醫院啦！」雖然明知道莉珊聽不見，但阿嬤總是習慣一邊搖著莉珊的身體，一邊喚著她的名字叫她起床。

莉珊睡眼惺忪的睜開眼，迎接她的早晨卻一如往常般寧靜。

「果然……只是在做夢啊……如果這個夢能一直都不要醒，那該有多好呢？」莉珊的心中這麼想著……

第十三章

音樂老師的第一站演講

「大家早安！今天我們要欣賞的是普契尼（Giacomo Puccini）的《杜蘭朵公主》（TURANDOT），靈感是來自威尼斯作家卡羅・葛齊（Carlo Gozzi）的五幕寓言劇《杜蘭朵》。最特別的地方是在於普契尼仿效中國的五聲音階古調，還融合了民謠《茉莉花》，被認為是一部中國題材歌劇。故事是在說北京的紫禁城裡有個絕色美女杜蘭朵公主一直沒有結婚，因為公主宣佈前來求婚的人要能猜中她所出的三道謎語，如果猜不中的話就會被處死，但始終沒有人成功。有一天年輕的韃靼王子卡拉夫毅然前往挑戰，他是不是能幸運答對所有題目，成功抱得美人歸呢？接下來就請大家專心欣賞！」

偌大的禮堂中鴉雀無聲，眾人專心期待台上即將播放的影片。禮堂內不時響起清新悠揚的《茉莉花》，樂聲淒婉，預示著杜蘭朵公主的登場，表達人們對公主冷酷無情的淡淡哀傷。

「噹噹噹噹……」下課鐘聲響起，同學們紛紛四散，其中有三五個

女生迎上臺前簇擁著音樂老師說話。

「王子好勇敢，超帥的。」

「老師，《杜蘭朵公主》好好看喔！演員的衣服好漂亮。」

「老師、老師，那三個弄臣好可愛喔！」

大家一邊撒嬌，一邊急著跟老師分享自己的心得感想。

「莉珊老師，《茉莉花》好好聽喔！下次教我們唱嘛！」

只見莉珊溫柔的微笑點頭說：「好啦！下次一定教你們唱。現在先回教室上課囉！」

這是一個空堂，學生們都在上著其他的課，莉珊獨自從禮堂走回音樂教室，思緒飛回到好久以前……

因為耳朵的疾病，錯過了第一年的甄選，隨後月明園也離開了南方澳繼續著巡迴演出，為守護傳統戲曲努力。莉珊顯得格外洩氣、沒有精

神，也開始放棄治療耳朵。

眼看著乖孫女日漸消沉，阿嬤某天告訴了莉珊這段話：「莉珊，妳知道嗎？有一種很珍貴的珠寶，叫做『玉』。本來『玉』看起來就只是一顆普通的石頭，但是經過不斷的雕琢打磨，最後就能散發出非常美的光輝喔！所以莉珊這次沒有選上合唱團沒關係，妳不要放棄，繼續努力，明年再來。」最後不忘這句「莉珊！加油！」

看到阿嬤用很緩慢的速度拿出寫著鼓勵自己話語的紙片，想到目不識丁的阿嬤請人寫下這段話語的心情，莉珊又覺得心中滿是溫暖，好像又充滿力量。

「阿嬤說得有道理，明年還可以再參加甄選，明年不行，我就後年再來！」於是那之後莉珊又重新開始接受治療和練習唱歌，聽力逐漸恢復後，便央求小英教她彈鋼琴，也時常向音樂老師請教樂理，整個人恢復了積極與活力。皇天不負苦心人，第二年順利的選上了合唱團。有阿

嬤、老師、小英和同學們的陪伴，以及孟涵、宗華團長等人時常寫來打氣的信，莉珊一步一步邁向成為音樂老師之路。

莉珊就像茉莉花總是潔白、散發芬芳，雖然沒有牡丹的艷麗，也沒有百合馨香，更沒有蘭花的脫俗不凡。小小的茉莉花有她小小的夢想，不必搶在白日盛放，反而喜歡與夕陽晚風作伴，不怕露水沾濕，自己開著自己的花，莉珊就這樣走自己的路、唱自己的歌。

「噹……噹……噹噹……」

校園的鐘聲再度響起，莉珊的思緒頓時從那悠遠的時空中被召回。看著教室外的綠樹、白花，莉珊耳邊又再度響起那熟悉的旋律。

「好一朵美麗的茉莉花！好一朵美麗的茉莉花！芬芳美麗滿枝椏，又香又白人人誇。讓我來將你摘下，送給別人家。茉莉花呀茉莉花！」

於是莉珊重新收斂起精神，迎接即將到來的下一堂音樂課。

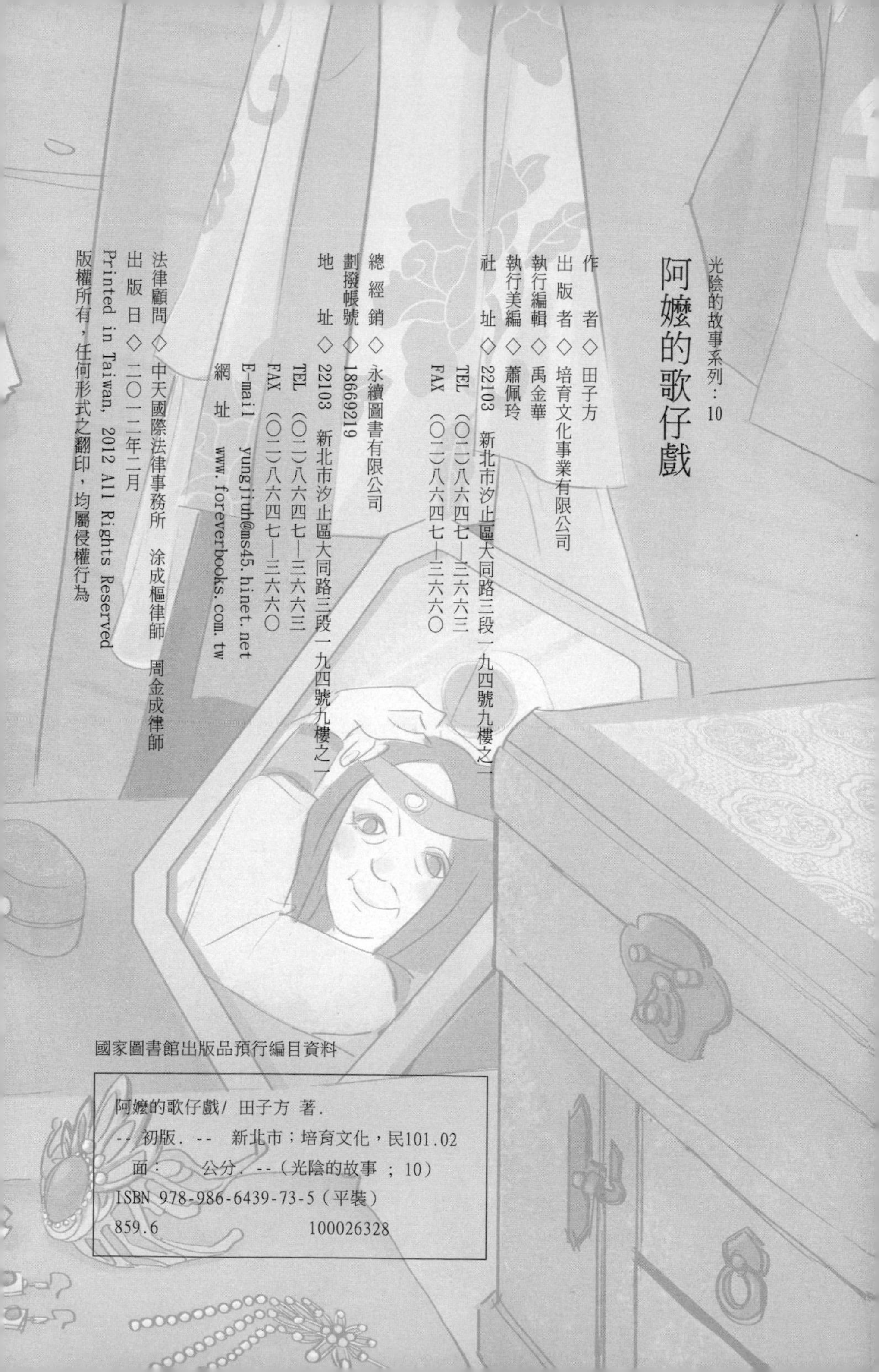

光陰的故事系列：10

阿嬤的歌仔戲

作　　者◇田子方
出 版 者◇培育文化事業有限公司
執行編輯◇禹金華
執行美編◇蕭佩玲
社　　址◇22103 新北市汐止區大同路三段一九四號九樓之一
TEL（〇二）八六四七—三六六三
FAX（〇二）八六四七—三六六〇

總 經 銷◇永續圖書有限公司
劃撥帳號◇18669219
地　　址◇22103 新北市汐止區大同路三段一九四號九樓之一
TEL（〇二）八六四七—三六六三
FAX（〇二）八六四七—三六六〇
E-mail　yungjiuh@ms45.hinet.net
網　　址　www.foreverbooks.com.tw

法律顧問◇中天國際法律事務所　涂成樞律師　周金成律師
出 版 日◇二〇一二年二月

國家圖書館出版品預行編目資料

阿嬤的歌仔戲/ 田子方 著.
-- 初版. -- 新北市；培育文化，民101.02
面：　公分. --（光陰的故事 ; 10）
ISBN 978-986-6439-73-5（平裝）
859.6　　100026328

培育文化讀者回函卡

謝謝您購買這本書。

為加強對讀者的服務，請您詳細填寫本卡，寄回培育文化；並請務必留下您的E-mail帳號，我們會主動將最近"好康"的促銷活動告訴您，保證值回票價。

書　　名：阿嬤的歌仔戲
購買書店：＿＿＿＿市／縣＿＿＿＿＿＿書店
姓　　名：＿＿＿＿＿＿＿＿＿　生　　日：＿＿年＿＿月＿＿日
身分證字號：＿＿＿＿＿＿＿＿＿＿＿＿＿＿＿＿
電　　話：(私)＿＿＿＿＿(公)＿＿＿＿＿(手機)＿＿＿＿＿
地　　址：□□□－□□
　　　　：＿＿＿＿＿＿＿＿＿＿＿＿＿＿＿＿＿＿
E-mail：＿＿＿＿＿＿＿＿＿＿＿＿＿＿＿＿＿＿
年　　齡：□20歲以下　□21歲～30歲　□31歲～40歲
　　　　　□41歲～50歲　□51歲以上
性　　別：□男　□女　　婚姻：□單身　□已婚
職　　業：□學生　□大眾傳播　□自由業　□資訊業
　　　　　□金融業　□銷售業　□服務業　□教職
　　　　　□軍警　□製造業　□公職　□其他＿＿＿＿
教育程度：□高中以下(含高中)　□大專　□研究所以上
職位別：□負責人　□高階主管　□中級主管
　　　　□一般職員　□專業人員
職務別：□管理　□行銷　□創意　□人事、行政
　　　　□財務　□法務　□生產　□工程　□其他＿＿＿＿

您從何得知本書消息？
□逛書店　□報紙廣告　□親友介紹
□出版書訊　□廣告信函　□廣播節目
□電視節目　□銷售人員推薦
□其他＿＿＿＿＿＿＿＿＿＿＿＿

您通常以何種方式購書？
□逛書店　□劃撥郵購　□電話訂購　□傳真　□信用卡
□團體訂購　□網路書店　□其他

看完本書後，您喜歡本書的理由？
□內容符合期待　□文筆流暢　□具實用性　□插圖生動
□版面、字體安排適當　□內容充實
□其他＿＿＿＿＿＿＿＿＿＿＿＿

看完本書後，您不喜歡本書的理由？
□內容不符合期待　□文筆欠佳　□內容平平
□版面、圖片、字體不適合閱讀　□觀念保守
□其他

您的建議：＿＿＿＿＿＿＿＿＿＿＿＿＿＿＿＿＿＿
＿＿＿＿＿＿＿＿＿＿＿＿＿＿＿＿＿＿＿＿＿＿

剪下後請寄回「22103新北市汐止區大同路3段194號9樓之1培育文化收」

請用膠帶黏貼

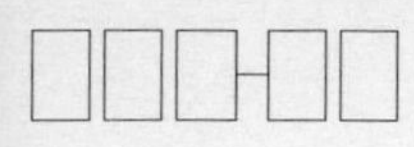

廣告回信
基隆郵局登記證
基隆廣字第200132號

221-03

新北市汐止區大同路三段194號9樓之1

培育文化事業有限公司

編輯部　收

請沿此虛線對折免貼郵票，以膠帶黏貼後寄回，謝謝！

為你開啟知識之殿堂